귀를 기울여

나를 듣는다

귀를 기울여
나를 듣는다

전지영 에세이

소다봄

존재하지 않는 것은 존재할 수 없고

존재하는 것은 사라질 수 없다.

『바가바드 기타』

두려움에 관하여

현실이라는 꿈

존재로 살아가기

두려움에 관하여

코코

　여름이 지나고 새로운 식구가 생겼다. 생후 3개월 차 새끼 고양이 코코.

　그해 여름, '땀이 눈물처럼 흘렀다.'라는 어느 에세이 문장이 머릿속에서 떠나지 않았다. 나는 혼자였고 견딜 수 없는 것들을 감당하기 위해 애쓰는 중이었다. 영원히 계속될 것 같았던 여름이 끝나고 서늘한 바람이 불어왔다. 황량한 날씨가 이어지더니 갑작스럽게 밤 기온이 영하로 떨어졌다. 그날 밤 코코를 만났다.

코코는 오피스텔 상가 1층 난간 끝에 웅크려 울고 있었다. 멀리서 바라보면 삭막한 느낌을 주는 신도시에는 인공적으로 조성된 호수와 하천이 흘렀다. 도시를 동서로 가로지르는 인공 냇물 양옆으로 산책로가 이어졌고 그 길을 따라 주상복합건물이 지어졌다.

코코가 위태롭게 앉아 있던 1층 난간은 울퉁불퉁한 시멘트 블록이 깔린 산책로에서 5미터 정도 위였다. 사람이 뛰어내리면 십중팔구 다치는 높이였다. 나는 코코에게 손을 내미는 어느 젊은 남자의 미덥지 않은 등판을 바라보는 중이었다.

'저러면 안 될 것 같은데.'

남자가 오기 전, 이미 나는 고양이 참치 파우치로 코코를 유혹해 보았다. 우리집 고양이 카버가 밥투정할 때 주는 간식이다. 코코는 고집이 몹시 셌다. 맛있는 참치 냄새가 풍기자 잠깐 마음이 흔들리는 듯했지만, 이내 사람에 대한 경계를 늦추지 않고 사납게 하악거렸다. 참치를 플라스틱 용기에 조금 덜어 코코 앞에 두곤 물러났다. 섣불리 잡으려고 했다가는 바닥으로 떨어질 것 같았다. 코코의 작은 몸이 절반쯤 난간 밖으로 몰려있었다. 배가 많이 고팠을 텐데 코코는 꿈쩍 하지 않았다. 그때 지나가던 젊은 남자가 쭈그리고 앉더니 코코를 구슬리기 시작했다. 같이 있던 여자애가 의아하게 바라보자 "얘 또 여기 있네. 어제도 봤는데."라며 일면식이 있다는 듯 아는 체를 했다. 물론 친한 척 해봤자 소용없었다.

한참 코코를 달래던 남자는 조바심이 났는지 코코를 잡으려고 경솔하게 손을 뻗었다. 그 순간 코코가 돌바닥 아래로 뛰어내렸다. 남자의 얼굴에 당황한 기색이 역력했다. 1층 상가 편의점과 치킨집, 주점에는 밤늦도록 사람이 오갔다. 인적이 드물어지길 기다리고 있었던 나는 최선을 다해 남자를 노려보았다.

산책로 돌바닥으로 내려갔지만, 코코의 흔적을 찾을 수 없었다. 다리를 움직여 도망친 걸 보면 크게 다치지 않은 것 같았다. 코코의 울음소리가 냇물 건너편에서 들려왔다. 어느새 여자애는 사라졌고 남자와 내가 그곳에 남아 코코를 찾았다.

　처음 집에 왔을 때 코코는 잘 울지 않았다. 나중에 중성화 수술을 받고 마취에서 깨어났을 때도 입을 꾹 닫은 채 불안한 눈으로 나를 응시하기만 했다. 그날 밤 얼마나 무서웠으면 그렇게 울어댔을까. 새끼 고양이는 자신의 울음소리가 포식자를 불러들인다는 걸 안다. 그런데도 운다는 건 그보다 더 절박하기 때문일 것이다. 그때까지 남자와 나는 한마디도 하지 않았다. 먼저 입을 연 건 남자였다.

　"저기에 있어요!"

　냇가 어두운 수풀 사이에 코코가 숨어있었다. 남자는 멀찍이 떨어져 내 쪽을 바라보기만 했다. 둘 중 코코에게 먼저 손을 댄 바로 그 사람이 집사가 되리라는 건 불 보듯 뻔했다.

　"고양이 데려가실래요?"

　내 말에 남자가 고개를 절레절레 흔들었다. 자신은

개를 두 마리나 키우고 있어서 곤란하다고 했다. 개를 두 마리나 키우고 있다면 사는 형편이 그럭저럭 괜찮을 것 같은데. 나는 다시 한번 남자를 노려보면서 눈으로 욕을 했다.

품에 안긴 코코는 냇물을 가로질러 도망가는 바람에 흠뻑 젖어 몸을 부들부들 떨었다. 하수구 냄새가 올라왔다. 남자의 말에 의하면 코코는 어미 없이 1층 상가에 나타났고 벌써 일주일 넘게 숨어다니는 중이었다. 저절로 한숨이 나왔다. 코코를 두고 가기엔 너무 추웠던 겨울의 초입이었다.

다음날 코코를 데리고 동물병원으로 향했다. 다행히 크게 다친 곳은 없었다. 귓속 진드기를 없애고 목 뒤에 구충제를 붙였다. 수의사가 물었다.

"키우실 거예요?"

"아뇨, 입양처를 찾아봐야죠."

연일 치솟는 물가와 경기침체에 대한 뉴스가 나오

는 중이었다. 팬데믹 이후 끝나지 않는 불경기에 키우던 반려동물도 내다 버릴 것 같은데 추레한 몰골을 가진 길고양이 새끼를 입양할 사람이 나타날 리 없었다. 수의사는 꽤 무게가 나가는 새끼 고양이용 사료를 건네며 예언자 같은 표정으로 말했다.

"이건 제가 드리는 선물이에요."

모두의 예상대로 코코는 나와 살게 되었다.

하지 말아야 할 것과 해야 할 것

코코의 풀네임은 코코 샤넬이다. 나는 코코에게 최대한 고급스러운 이름을 지어주고 싶었다. 코코는 지금까지 보아왔던 모든 새끼 고양이를 통틀어 가장 귀엽지 않았다. 길고 뾰족한 주둥이에 묻은 시꺼먼 검댕이 여러 번 씻어도 지워지지 않았다. 꼬리 두 마디가 기형으로 꺾여 있었고 얼굴 생김새는 디즈니 애니메이션에 등장하는 메인 빌런과 비슷했다. 매서운 눈빛에 절대 물러서지 않는 성격이라 밖에서 무사히 살아

남았다면 우두머리가 되었을지도 모른다. (코코는 낯선 이의 쓰다듬을 당하느니 돌바닥으로 떨어지는 쪽을 택했다)

오랫동안 잊고 있었는데 지치지 않는 청소년 포유류와 같이 살게 되면 악몽 같은 일이 벌어진다. 코코가 나타나면서 그동안 돌보지 않아 아슬아슬하게 목숨을 이어가던 식물들이 모조리 생을 마감했다. 코코는 자라는 이가 간지러웠는지 입에 닿는 건 생물과 무생물을 구분하지 않고 물어뜯었다. 특히 식물의 잎사귀와 질긴 줄기가 먹음직스러웠던 것 같다. 수려하게 자란 팔카투스 화분이 통째로 뽑혀 나갔다.

코코는 깡충깡충 걷다가 앞발을 크게 벌리고 뛰어오르면서 공격하길 좋아했다. 나와 카버, 특히 카버가 사냥의 희생양이 되었다. 코코보다 두 배 정도 덩치가 큰 카버는 코코가 잠든 후에야 비로소 쉴 수 있었다.

코코가 빠르게 성장하면서 똑같이 검정 얼룩무늬를 가진 두 마리 고양이는 서로 엇비슷하게 보였다. 코코가 훨씬 가냘팠지만, 조만간 카버보다 더 크게 자랄 것이다. 코코 샤넬은 한 살이 채 되지 않은 수고양이고 암고양이 레이먼드 카버는 여덟 살이다.

코코가 우리의 일상에 가져온 변화는 긍정적이었다. 가장 먼저 집을 청소하게 되었다. 요란한 소리에 뒤돌아보면 마룻바닥이 온통 깨진 화분 조각과 흙투성이였고 코코가 그 위를 아랑곳하지 않고 굴러다녔다. 치우지 않고는 버틸 방도가 없었다. 코코는 악질 상사가 부하직원 얼굴에 서류를 던지듯 바닥 널린 물건들을 사방팔방으로 내동댕이쳤다. 하는 수 없이 부지런히 몸을 움직여 눈에 보이는 물건을 정리했다.

긴 시간 방치되었던 공간이 조금씩 말끔해지기 시작했다. 탁한 어항 같은 냄새를 풍기던 창틀의 곰팡이와 냉장고 밑으로 들어간 먼짓덩어리들, 원래 어디에 속했던 부품인지 모르겠는 잡동사니를 전부 쓸어냈다. 쓰레기로 덮여있던 탓에 마룻바닥과 조리대에 아무리 닦아도 지워지지 않는 얼룩이 남았다. 표면이 일어난 붙박이 가구가 낡아 보였다. 처음 이사했을 때 신축이었던 오피스텔 곳곳에 시간의 때가 눅눅하게 배어 있었다.

❁

나는 지난 2년 동안 아무것도 하지 않았다. 간신히 굴러가던 일상이 어느 순간 완전히 멈춰 선 상태였다. 가족과 친구들과 연락을 끊고 온종일 누워 쇼츠를 보거나 모바일 게임을 했다. 생존에 꼭 필요한 활동을 제외하면 어떤 것도 해야겠다는 마음이 생기지 않았다. 어떻게 그렇게 살 수 있을까 싶겠지만, 놀랍게도 그런 삶이 가능했다.

요가를 가르치는 일도 그만둔 지 오래였다. 명상이나 독서처럼 집중력이 필요한 활동은 엄두가 나지 않았다. 밤늦도록 잠들지 못해 머릿속이 안개로 뒤덮인

듯 멍했다. 사람들은 우울할수록 몸을 움직여 친구들을 만나야 한다고 했다. 그러나 우울증이란 바로 그런 일들을 도저히 해낼 수 없는 상태를 뜻했다. 우울한 감정은 그 자체로 에너지를 고갈시킨다. 눈에 보이지 않는 마음이 실재하는 것들을 소진하거나 북돋는다.

휴대전화 화면만 들여다보고 있을 때면 카버가 내 머리맡으로 다가와 등을 돌리고 앉아 움직이지 않았다. 고양이의 보드라운 털이 조금 부스스해진 것 같았다. 이듬해 팬트리 구석에서 먼지만 쌓여가던 요가 매트를 꺼내 거실 바닥에 폈다.

기원전 인물 파탄잘리는 구전으로 내려오던 요가를 『요가수트라』라는 경전으로 체계화했다. 그는 요가를 통해 진리에 이르는 길을 여덟 단계로 제시했는데 첫 번째 단계가 하지 말아야 하는 것 '야마'였고 두 번째 단계가 해야 하는 것 '니야마'였다. 사람들에게 하지 말아야 할 것과 해야 할 것, 둘 중 어떤 것이 먼저냐고 물어보면 한 사람도 예외 없이 해야 할 일이 더 중요하다고 대답했다. 지금과 같은 치열한 경쟁사회에서 충분히 예상할 수 있는 답변이었다.

요가에서는 하지 말아야 할 일이 먼저였다. 하지 말아야 할 일을 그만두지 않으면서 해야 할 일을 하겠다는 건 따뜻한 아이스 아메리카노 같은 말이다. 건강 전문가들은 술, 담배, 약물, 설탕처럼 몸에 해로운 것을 절제하지 않으면서 수십 가지 영양제를 복용하는 행동은 건강에 도움 되지 않는다고 경고한다. 또 다른 누군가는 사랑이란 상대가 좋아하는 행동을 하는 것이 아니라 싫어하는 행동을 하지 않는 것이라고 했다. 모든 일에는 순서가 있다. 그것들은 한 번에 이루어지지 않는다.

야마와 니야마를 공부하면서 인간답게 산다는 게 과연 무엇일지 생각해 본 적이 있다. 범용적으로 적용

되는 윤리가 아니라 그저 개인의 생활 루틴을 정하기 위해서였다. 도덕과 태도가 아닌 현실적인 행위로 한정해서 나에게 인간다움이란 청소와 요리라고 결론내렸다.

청소는 요가의 두 번째 단계, 니야마 중에서 '사우차(청결)'에 해당한다. 사우차는 주변과 자신의 몸은 물론 신체 내부까지 깨끗하게 유지하는 것을 말한다. 외부의 청결은 청소와 목욕이고 내부의 청결은 음식이다. 공간을 청소할 수 없을 정도로 피곤하고 제대로 된 밥을 먹을 수 없을 정도로 여유가 없다면 그건 비인간적인 삶이다. 청소와 요리는 곧 내 일상의 건강함을 나타내는 척도가 되었다. 주변을 정돈하면서 제대로 된 식사를 하고 있다면 이미 잘살고 있으므로 사는 것에 대해 너무 복잡하게 생각하지 않아도 될 것 같았다.

나는 쉽게 감정이 동요했고 일 처리도 허술했다. 손끝이 야무지지 못해서 가구와 물품을 차분하게 정리하지 못했다. 요리 재료 등 물질의 낭비도 심했다. 요가를 시작한 후에야 비로소 삶의 규칙을 하나씩 만들고 주변을 정돈할 수 있었다.

❁

인스턴트식품으로 끼니를 때우며 밤늦은 시간에 폭식하는 습관과 근육과 관절을 망가뜨리는 노동 그리고 쓸데없는 상념까지, 마땅히 버려야 할 것들을 버리고 이제 해야 할 것을 해야 한다고 생각했다. 무엇을 어떻게 해야 할지 감이 잡히지 않아 내가 익히 알고 있는 것, 오랫동안 반복했던 것부터 시작하기로 했다. 짐작했지만 내 몸은 훨씬 더 엉망이었다. 녹슨 허리와 골반에서 쇳소리가 나는 것 같았다. 근육은 사라졌고 대신 폭발적으로 늘어난 지방이 배와 등을 뒤덮고 있었다. 움직일 때마다 몸이 둔하고 무거웠다. 내 나이와 체력을 고려했을 때 통증을 관리하고 균형을 되찾

기까지 최소 일 년 이상 걸릴 것 같았다. 어쩌면 시간
이 더 필요할지도 모른다.

마음을 공부하다

여러 해 전 나는 서해의 어느 섬에서 요가를 가르쳤다. 그 섬은 육지와 가깝게 붙어있어 자동차로 쉽게 진입할 수 있었다. 주말이면 전국에서 몰려온 관광객들로 연륙교 입구가 북적거렸다.

섬마을 요가원은 읍내 외곽에서 탈의실도 안내데스크도 라커룸도 전면 거울도 없이 썰렁하게 문을 열었다. 몇 년이 지나고 코로나19로 폐원을 결정했을 때 초기 비용이 얼마 들지 않아 그나마 다행이라고 여겼다.

텅 빈 교실 같은 요가실에는 냉난방기 두 개와 4인
용 테이블이 있었다. 창 밑으로 개인 요가 매트를 줄
지어 세웠고 얇고 긴 스탠드 조명으로 구석진 귀퉁이
를 밝혔다. 여러 개를 나란히 붙인 조립식 철제 선반
에 붉은색 요가 스트랩과 마사지 볼이 담긴 하얀색
플라스틱 정리함, 요가 블록, 인센스 스틱, 아로마 오
일과 버너, 일회용 종이컵을 비치했다. 많지도 적지도
않은 수의 회원들과 수업이 없는 시간에 피우던 연꽃
향이 갖춘 것 없는 요가실을 채웠다.

마음이 부유했던 섬마을 회원들은 번창하라는 의
미로 화분을 선물했다. 나와 고양이들은 식물을 좋아
했다. 햇빛이 충분하지 못한 방을 전전하면서도 끈질
기게 보로니아와 고사리와 꽃치자를 토분에 심고 우
리가 사는 공간에 생명력이 싹트길 바랐다. 개업 축하
화분들은 겨울을 몇 번 보내면서 대부분 죽어버렸지
만, 삼십 센티 정도밖에 되지 않았던 녹보수는 내 키

보다 더 크게 자라 화분 갈이를 여러 번 했다.

　섬에서 삼 년을 보낸 후 나는 서울과 한 시간 거리
에 위치한 신도시로 이사했다. 도시는 바다를 간척하
면서 사라진 작은 섬의 이름을 그대로 물려받았다. 섬
마을 요가실을 장식하던 손에 쥐면 보이지 않을 정
도로 작은 청동 코끼리 조각과 고양이 모양의 인센스
스틱 홀더가 오피스텔 창가에 놓였다. 요가실에서 회
원들과 함께 책을 읽던 4인용 테이블도 거실로 옮겨
왔다. 남향으로 통창이 뚫린 오피스텔에는 작은 방 하
나와 수납공간이 여러 개 있어서 사람 하나와 고양이
세 마리가 살기 충분했다. TV도 소파도 일부러 들여
놓지 않았다.

　해무가 짙게 깔린 여름날, 절반밖에 개방되지 않는
창문을 열고 하얀 안개에서 풍기는 바다 냄새를 맡았
다. 고층 건물로 가려진 틈새의 하늘을 올려다볼 때마
다 그 아래로 수평선과 맞닿아 흔들리는 바다의 표면

을 상상할 수 있었다.

❁

　도시로 거처를 옮긴 후 가장 먼저 했던 일은 루아 선생님의 명상 워크숍에 등록하는 것이었다. 그때까지 나는 적당한 명상 수업을 찾지 못하고 있었다. 예전에 요가 지도자 자격증을 취득하면서 접했던 명상 수업은 어쩐지 수박 겉핥기 같아서 명상에 대한 갈증을 채워주지 못했다. 이후 여러 명상가의 책을 읽었지만, 독서가 실제 명상으로 이어지진 않았다.

　오랫동안 위파사나 명상을 수련해 온 루아 선생님의 명상 워크숍은 요가 강사들에게 인기가 높았다. 섬마을에서 요가원을 꾸려갈 때 격주에 한 번 주말 특강을 받으려고 서울로 향하곤 했는데 당시에는 좀처럼 시간을 맞출 수 없었다.

　명상 워크숍은 매주 토요일 오전 열 시부터 오후

두 시까지 4주 동안 진행되었다. 요가 강사뿐 아니라 명상을 배우려는 일반인에게도 등록 제한을 두지 않았지만, 정신건강의학과 치료가 필요한 사람은 등록을 자제해 달라는 안내 사항이 있었다. 그 문구가 묘하게 신경 쓰였다. 역시나 몇몇 수강생은 명상보다는 상담이 필요해 보였다.

그중 정돈되지 않은 부스스한 파마머리를 한 중년 여성이 있었다. 그녀는 비관에 빠진 사람의 전형적인 모습으로 매주 수업에 나타났다. 그녀의 눈에는 세상을 향한 원망과 우리 우주에서 그녀의 불행보다 더 중요한 사건은 없다는 믿음이 담겨 있었다.

나는 나중에 다른 명상 모임에도 참가했는데 명상 모임이란 자칫 우울증을 앓는 사람들의 집단 상담처럼 흘러갈 가능성이 크다는 것을 알게 되었다. 명상은 부정적인 기분에서 벗어나기보다 긍정적인 마음을 지향하는 데 더 큰 가치를 둔다. 하지만 나 역시 밝고 유쾌한 이유로 명상을 시작한 것은 아니었다. 루아 선생님은 '명상은 곧 마음공부'라고 설명했다. 말 그대로 마음을 공부한다는 뜻이었다.

뿌리 믿음

마음은 물질이다. 산스크리트어로 마음을 의미하는 단어는 다양하다. 칫타, 마나스, 붓티, 아함카라, 안타카라나, 크십타, 빅십타, 무다, 에카그라, 니루다 등등. 그만큼 마음의 종류를 상세하게 구분한다.

사람들은 마음이 곧 자신이라고 여기지만, 마음은 내가 아니다. 마음과 몸은 나를 구성하는 요소일 뿐이다. 어느 날 예기치 않은 사고로 혹은 나이가 들어, 내 몸이 달라진다고 해도 '나'라고 인식되는 존재는 달라지지 않는다. 마음도 마찬가지다. 나를 구성하는 요소로서의 마음과 내면의 진짜 자아, 요가는 이 둘을 구분한다. 마음은 몸처럼 시간에 따라, 상황에 따라 달라진다.

사람들은 명상이 평온하고 고요하며 고단함으로 얼룩진 삶에 위안과 성찰을 가져다줄 것이라고 기대한다. 결과적으로 명상을 통해 완전한 평화를 얻을 수 있다. 하지만 명상의 과정은 기대만큼 아름답지도 평화롭지도 않았다. 자신의 마음을 들여다본다는 건 즐거운 일이 아닐뿐더러 잘 되지도 않는다.

마음은 자신에게조차 틈을 보이지 않는다. 수많은 거절과 모욕과 좌절을 겪으면서 세월이라는 벽돌로 견고한 껍질을 차곡차곡 쌓아 올린다. 시간이 흐를수록 마음은 본래의 형태에서 조금씩 멀어진다. 우리 뇌는 생존을 위해 실제와 다른 가상 세계를 구축하는 일에 능숙하다. 덕분에 마음을 찾는 일은 고층 건물을 해체하는 것만큼이나 복잡하고 위험하면서 품이 많이 들어간다. 때론 억지로 시간만 보낼 뿐 아무것도 달라지지 않는다.

❁

첫 번째 명상 수업은 '뿌리 믿음'과 '내면 아이'였다. 우리 마음 깊은 곳에는 자신도 모르게 형성된 강한 믿음이 있다. 그 무의식적인 믿음을 뿌리 믿음이라고 한다. '내면 아이'는 말 그대로 내 안에 숨겨진 어린아이를 뜻한다. 그 아이는 울고 있지만, 우리는 모르는 척 외면하고 있다고 한다.

뿌리 믿음과 내면 아이라니. 기대를 품고 찾아간 첫 명상 수업은 심리학 교실에서 들을 법한 내용이 전부였다. 마음에 문제가 있다면 명상보다는 정신건강의학과를 찾아야 하지 않을까, 아무래도 번지수를 잘못 찾은 것 같았다. 마음을 마주하는 일은 불편하다. 그러나 기대와 다르다는 이유로 하루 만에 명상 과정을 포기하기엔 이미 적지 않은 비용이 들어갔다. 루아 선생님과는 상호 신뢰가 쌓인 관계가 아니었지만, 그때까지 접할 수 있었던 명상 수업을 돌이켜보면 명상이 과연 무엇인지, 어떻게 명상해야 하는지 알려줄 수 있는 지도자는 루아 선생님이라고 생각되었다.

다소 껄끄럽긴 해도 뿌리 믿음과 내면 아이를 완전히 부정하긴 어려웠다. 명상은 결국 자신의 내부를 향한 탐험이다. 명상을 통해 기대하는 것들, 마음의 평온이나 자기 성찰은 마음을 대면하지 않고서는 얻을 수 없다. 지난 인생의 궤적을 돌아보면 나는 늘 같은 실수를 반복했다. 결혼 상대를 포함해 최악의 선택을 거듭했다. 내 인생의 가장 큰 훼방꾼은 바로 나였다. 어쩌면 나 스스로 행복해질 자격이 없다고 여겼는지 모른다. 나는 무엇이든 순순하게 받아들이고 현명하게 이해하는 사람이 아니었다. 다른 모든 것이 그랬던 것처럼 마음으로 나아가는 과정도 어렵게 첫걸음을 뗐다. 뿌리 믿음을 찾기까지 예상보다 많은 시간이 소요되었다.

　루아 선생님이 말했다.

　"이 세상에 뿌리 믿음이 아름다운 사람은 단 한 명도 없어요."

　뿌리 믿음을 찾는 방법은 스스로 질문하는 것이다. 화가 잔뜩 났던 순간을 떠올린다. 분노가 좀처럼 가라앉지 않아 자다가도 벌떡 일어날 정도로 화가 났던 일이 언제였는지 대체 무엇 때문이었는지 구체적으로 되짚어 본다. 그리고 그것에 대해 '왜 나쁜 것인가?' 또는 '무슨 의미인가?'라고 계속 질문한다.

　- 도대체 왜 그렇게 화가 난 거야? 오늘 무슨 일이 있었지?

　- 그 사람이 내가 근무시간에 게으르다는 식으로 말했어. 그래서 화가 난 거야!

　- 내가 게으른 것이 나쁜 일이야?'

– 당연하지! 게으르다는 건 내가 할 일을 하지 않고 빈둥거린다는 뜻이잖아.

– 내가 해야 할 일을 안 하고 빈둥거리는 게 나쁜 거야?

– 나쁘지! 할 일을 하지 않고 빈둥거린다는 건 무책임하고 무능하다는 뜻이잖아.

– 내가 무책임하고 무능하면 나쁜 거야? 그게 무슨 의미야?

– 나는 무책임하고 무능하지 않아. 열심히 살고 있어. 그런데 그런 노력을 무시하니까 화가 나는 건 당연해.

– 내가 무시당하는 게 나쁜 거야? 왜 나쁜 거야?

– 당연히 나쁘지. 존중받지 못하니까.

– 내가 존중받지 못하면 나쁜 거야?

– 존중받지 못한다는 건 우리 사회에서 가치가 없는 사람이라는 뜻이야.

– 내가 가치가 없는 사람이면 나쁜 거야?

– 가치가 없다면 사람들에게 인정받을 수 없어.

– *내가 사람들에게 인정받지 못하는 게 나쁜 거야?*

– 인정받을 수 없다면 사랑받을 수도 없잖아.

– *내가 사랑받을 수 없다는 게 나쁜 거야?*

– 당연히 나쁘지!

– *왜 나쁜 거야?*

– 사랑받지 못하는 삶은 불행하고 비참해.

– *왜 사랑받지 못하는 삶이 불행하고 비참하지?*

– 인간은 사랑받을 때 행복을 느끼니까. 인간의 모든 행동은 결국 사랑받기 위한 거야.

– *행복하지 않다고 해서 반드시 불행하고 비참한 것은 아니야. 왜 사랑받지 못하면 불행하고 비참하다고 여기지?*

– 사랑받지 못하면 사는 게 외롭고 힘들어져. 그게 곧 비참한 거야.

– *사랑받지 못하면 왜 외롭고 힘들다고 생각하는 거야?*

– 사랑받지 못한다고 여겨졌을 때 그런 기분이 들었으니까.

– *사랑받지 못했을 때 왜 그런 기분이 들었지? 그게 실제 삶과 무슨 상관이 있는 거지?*

– 글쎄, 모르겠어.

– *혹시 사랑받지 못하면 죽을 수도 있다고 생각한 거야?*

– …….

⚙

이따금 부모로부터 사랑받지 못했던 트라우마로 인해 어른이 된 이후에도 자신의 삶을 제대로 살지 못하는 사람이 얼마나 될까 궁금할 때가 있다. 그 숫자는 오직 신만이 알고 있다.

아이의 입장에서 사랑받지 못한다는 것은 곧 죽음을 의미한다. 동물의 세계를 떠올리면 쉽다. 어미의 사랑이 없으면 새끼는 죽는다. 모유를 먹고 자라는 포유류에게 사랑은 감정적 충만이 아니라 생존의 조건이다. 충분히 사랑받지 못했던 어린 시절은 목숨을 위협받았던 상황에 비할 수 있다. 성장한 뒤에도 아물지 않는 상처를 남긴다. 마음의 상처는 과거의 일을 생생하게 되살려내어 현재의 삶에 지대한 영향을 끼친다.

과거의 일은 모두 과거에 속한다. 친부모로부터 사랑받지 못했던 기억을 그저 과거의 일로 흘려보내기 어렵지만, 지금에 이르러 과거는 존재하지 않는다. 존재하지 않는 과거가 존재하는 현재를 무너뜨리는 것은 자신에게 속한 내면의 문제라고 할 수 있다.

감당하기 어려운 고통에 대해 모른 척할 수 있다는 것은 인간의 경이로운 능력 중 하나다. 어린아이는 자신을 보호하기 위해 고통스러운 기억을 망각한다. 그렇게 어른이 된 아이는 고통에 대해 방어적인 태도로 일관하기 쉽다. 스스로 과거의 사건에 감정을 느끼지 못하게 된 것은 아마 본능적이고 무의식적인 선택일 것이다. 하지만 자신이 겪은 혹독한 경험을 한순간 자신과는 아무 상관 없는 남의 일이라고 진심으로 믿을 수 있다니 사람의 마음이란 뭐라 말할 수 없을 정도로 이상했다.

검은 파도

섬마을 요가원은 읍내 외곽을 감싸는 소방도로변에 있었다. 도로는 섬과 육지를 연결하는 초입에서 4차선 국도와 합류했다. 나는 매일 지나는 차량이 거의 없는 적막한 소방도로를 따라 요가원으로 출근했다. 그곳에서 온종일 시간을 보내는 날도 있지만, 대개 오전 수업이 끝나면 읍내 마트에 들러 장을 본 다음 고양이들이 있는 원룸으로 돌아왔다. 그러다 늦은 오후가 되면 다시 걸어서 요가원으로 향했다.

원룸에서 요가원까지는 직선거리였다. 중간에 완만한 언덕을 하나 올라가야 했는데 경사를 따라 오르다가 숨이 가빠지면 가장 높은 지점에 이르렀다. 거기에서 다시 평지로 내려오면 요가원이었다. 매섭게 추운 겨울날을 제외하면 탁 트인 들판과 배추와 무, 고구마밭, 그 사이에 몸을 숨기듯 낮게 지어진 시골집을 옆에 두고 걷는 느긋한 산책이었다. 짙은 선캡을 쓰고 운동이 되게 저돌적으로 걷는 섬 주민과도 마주쳤다. 도로를 지나다니는 자동차가 걷는 사람보다 적었다. 하루에도 여러 번 그 길을 따라 걸었다.

슬슬 냉방을 준비해야 하지 않을까 싶을 정도로 훅 더워진 초여름이었다. 수업을 마치고 뒷정리를 한 다음 요가원 문을 닫았다. 밤 열 시가 지난 시간이었다. 청명한 오후와 달리 풍경이 스산했다. 그날도 소방도로를 따라 걸었다. 익숙하게 오가는 길이라 어두운 밤에도 주변에 울창한 숲이 있고 낮은 잡목 사이에 들꽃이 피었다는 걸 알 수 있었다. 사물을 구분하기 어려운 어둠 속에서 하얗고 노란 꽃이 흐릿하게 드러났다. 가로등과 가로등 사이가 칠흑 같았다. 여자 혼자 밤길을 걷는 일은 어디서나 안전하지 않았다. 이웃끼리 알고 지내는 좁은 섬마을이라고 해도 CCTV 하나 없는 시골 동네이기에 더 위험할 수 있었다.

오르막을 계속 걸어 올라가 소방도로 언덕 꼭대기에 이르자, 한 치 앞도 보이지 않던 어둠이 순식간에 옅어지면서 시야가 환했다. 검고 푸른 하늘 끝자락 아래 완만한 곡선을 그리는 산등성이와 서쪽 바다를 향해 펼쳐진 농지와 언덕, 멀리 읍내 초입과 좁은 시골 길이 모습을 드러냈다.

고개를 들어 밤하늘을 올려다보았다. 머리 위에서 보름달이 완벽한 원의 형태로 빛나고 있었다. 놀랄 정도로 크고 가까웠다. 멀리 우주의 낯선 존재가 은빛 조명으로 단 한 명의 인간을 비추는 것 같았다. 나는 대사를 잊어버린 신인 배우처럼 언덕 위 무대에서 발이 얼어붙었다. 달빛이 밤하늘에서 지상으로 내려왔다. 달이 빛난다는 당연한 사실을 처음 알게 된 것 같았다.

　도시의 달빛은 빌딩과 상점의 화려한 조명에 밀려 존재감을 잃어버린 지 오래였다. 동전 모양의 하얀색 종이처럼 혹은 둥근 버튼처럼 밤하늘에 그저 걸려있을 뿐이다. 달이 오롯하게 능력을 발휘해 세상을 비출 수 있다는 사실을 도시는 미처 깨닫지 못한다. 섬에 떠오른 달은 어두운 밤, 홀로 길을 걷는 인간을 위해 본연의 역할을 다하는 중이었다.

　수없이 지나다녔던 소방도로가 낯설었다. 어제 그랬듯 오늘도 그리고 내일도 이 언덕을 오르내릴 터였지만, 섬의 일부가 되어 이곳에 속해버린 나 자신이 그리고 섬을 내려다보고 있는 지금이 믿기지 않았다.

　해변에서 뒤숭숭한 바람이 불어왔다. 그 바람에 나지막한 소리가 실려와 존재하지 않는 것들을 깨웠다. 감각이 곤두섰다. 바람이 불어오는 쪽으로 눈을 돌리자, 광막하고 공허한 하늘에서 먹구름처럼 검은 파도가 밀려왔다. 숨죽이며 출렁이는 거대한 파도였다. 소방 도로 언덕은 해변에서 1킬로미터 넘게 떨어져 있었다. 바다가 보일 리 없었다. 출구가 없는 좁고 긴 복도에서 정체를 알 수 없는 무언가와 마주친 것 같은 공포가 느껴졌다. 등골이 오싹했다. 거무죽죽하게 하늘을 뒤덮은 파도가 조금씩 가까워졌다. 위와 아래를 구분할 수 없는 하늘에 쓰고 짠 바다 거품이 사납게 스며들었다.

　구름이 달을 가렸고 사방이 캄캄했다. 아무것도 보이지 않았다. 시야가 사라지자, 파도는 그대로 밤하늘이 되었다. 나무와 수풀과 바다 냄새가 났다. 다시 걸음을 옮겼다. 깊이를 알 수 없는 바다에 붙잡힐 것 같아 뒤돌아보지 않고 원룸을 향해 걸어갔다. 집에서 기다리는 고양이들에게 밥을 줘야 했다. 가슴이 계속 두근거렸다. 아직도 기억에 남는 기이한 밤이었다.

섬마을의 독서 모임

요가원 개업 소식을 듣고 찾아온 섬마을 주민들은 종종 내게 밥을 먹자거나 차를 마시자고 했다. 하지만 밥을 먹고 차를 마시는 내내 어색한 침묵이 흐르자, 도시에서 온 요가 강사가 촌사람들과 어울리는 걸 달가워하지 않는다는 오해만 샀다.

회원들과 유대감을 형성하는 일은 요가원 운영에 큰 영향을 끼친다. 도시와 떨어진 지방일수록 회원과의 친목이 매우 중요하다. 나름 주민들과 어울리는 자리를 부지런히 찾아다녔지만, 나는 사람과 가까워지는 방법을 여전히 알지 못했다. 어느 순간 사교활동에는 완전히 마음을 접고 대신 철제 수납장 하나에 책을 빼곡하게 비치한 뒤 매주 금요일 저녁 윤독 모임을 공지했다. 누군가 책 읽기 좋아하는 사람이 한 명쯤 있겠지, 아무도 없다면 요가실에서 혼자 책을 읽을 요량이었다.

독서 모임에 가장 먼저 모습을 보인 이는 엘라였다. 엘라는 천주교 세례명으로 섬사람들은 그녀를 이름 대신 엘라라고 불렀다. 삼십 대 후반이었던 엘라는 행동거지가 소박했고 자잘한 일에 복잡하게 고심하지 않았다. 만트라가 흐르는 생소한 요가 수업에 대해서도 별말이 없었다. 재등록 날짜에 맞춰 꼬박꼬박 수업료를 입금할 뿐이었다. 엘라와 나는 서로의 독서 취향을 알지 못했고 첫 번째 책으로 누구나 들어보았을 법한 대중적인 소설을 골랐다. 책을 완독하기까지 두세 달이 걸렸다. 그사이 초등학교에서 보조교사로 근무하는 록미와 남편을 따라 안도로 이주한 도시 출신 상아가 책 읽는 모임에 합류했다.

매주 금요일, 요가 수업 끝난 후 시작하는 독서 모임은 밤 아홉 시부터 열 시까지였다. 주로 소설이나 에세이를 읽었는데 앉은 순서대로 소리 내어 책을 읽었다. 그날은 평소와 달리 일요일 정오에 모임을 가졌다. 누군가 책 읽기를 잠깐 중단하고 쉬어가자고 했다. 각자 먹을 것을 챙겨 오자고 해서 요가실 테이블에 하나둘 음식이 놓였다. 상아는 시간과 열의가 들어간 음식을 크기가 다른 밀폐용기에 담아왔다. 엘라는 딸기 한 박스를 록미는 시금치와 당근이 들어간 김밥을 가져왔다. 조금씩 들떠 있었고 분위기가 제법 화기애애하게 흘렀다.

냉방을 끄고 요가실 창문을 열었다. 후덥지근한 여름 공기와 벌레 소리, 나뭇잎을 스치는 바람이 곧장 안으로 들어왔다. 록미가 전기 포트에 커피 물을 올렸다. 록미는 엘라와 절친한 사이였다. 섬에서 나고 자란 두 사람은 어린 시절부터 가깝게 지냈다고 한다.

상아가 말했다.

"강사님, 시골 섬이라고 해서 마냥 안전하다고 여기면 곤란해요. 사람이 드문 곳이라 도시보다 더 위험할 수도 있다고요."

그러자 록미가 반박했다.

"도시보다는 이곳이 훨씬 안전하죠. 지금껏 대단한 범죄가 일어났던 적도 없고요. 그래도 혼자 귀가할 땐 조심하셔야 해요. 최근에 외지 사람들이 너무 많이 들어왔어요."

상아는 록미에게 뭔가 항변하려다가 입을 다물었다. 여타 시골 지역이 그렇듯 섬은 포용성이 낮았다. 몇십 년 동안 섬에 뿌리를 두고 살아도 이곳에 조상을 모시지 않는 이상 상아처럼 타지에서 온 사람들은 끝까지 외지인이나 육지 사람으로 불렸다.

"선생님도 빨리 차를 한 대 장만하세요. 이런 시골에서는 차가 꼭 필요해요. 도시와 달리 여긴 차가 없으면 아무 데도 갈 수 없어요."

록미의 말에 이번에는 상아가 반박했다.

"전 차가 없어도 별로 불편하지 않던데요. 오빠 차가 있지만 여긴 길이 험해서 조금만 어두워도 운전을 못하겠어요. 어차피 버스만 타면 읍내까지 금방이고요. 저는 옆 도시까지 버스로 자주 들락거려요."

"강사님은 항상 남편분이 데리러 오는 상아 님이랑 다르잖아요."

"하긴 그렇긴 해요. 오빠는 제가 필요한 건 뭐든 다 해주거든요. 제가 어딜 갈 때마다 불안한가 봐요. 요가학원에 올 때도 꼭 확인하고요. 저야 편하죠. 손가락 하나 까딱하지 않아도 되니까요."

"상아 님 남편분, 배 타고 나가면 거의 일주일 동안은 집에 못 들어오지 않나요? 그때마다 집에서 시어머니랑 단둘이 있겠네요?"

상아의 남편은 섬 출신이었다. 동갑내기인 두 사람은 도시에서 만났다. 당시 상아의 나이는 서른이었는데 작은 회사의 경리로 근무하다가 거래처 직원이었던 지금의 남편을 알게 되었다. 교제를 시작한 후 몇 개월 지나지 않아 상아의 남편은 어업에 종사하는 부친의 뒤를 잇기 위해 서울 생활을 정리하고 고향으로 내려갔다. 곧이어 상아도 직장을 그만두고 남편을 따라 섬으로 향했다. 두 사람은 섬에서 결혼식을 올렸다. 신혼부부가 함께 시아버지의 장례를 치른 것은 그로부터 얼마 지나지 않아서였다. 상아와 그녀의 남편은 읍내에서 한참 떨어진 한적한 산골에 넓은 주택을 짓고 홀로 남은 시어머니를 모시며 살고 있었다.

"시엄마도 절 귀찮게 하지 않아요. 밥만 해 놓으면 본인이 알아서 차려 드시니까요. 그리고 저희 남편 그렇게 오랫동안 나가 있지 않아요. 고작해야 며칠뿐이고 게다가 요즘은 금어기라 줄곧 저랑 같이 있는걸요. 어제도 둘이 도시로 놀러 나갔어요."

책을 읽기 시작한 지 벌써 몇 개월째였다. 서로에 대한 의식적인 거리감은 사라졌지만, 간혹 대화가 길어질 때면 매끄럽지 않은 긴장감이 흘렀다. 상아는 기분이 상했는지 힘이 들어간 말투로 조목조목 대답했다.

"오빠는 제가 어딜 혼자 나갈 때마다 너무 불안해해요. 꼭 같이 다니고 싶어 하거든요. 절 너무 좋아해서 아기처럼 다룬다니까요."

상아의 '오빠' 이야기에 모두 입을 다물었다. 상아의 수다는 언제나 두 가지로 귀결되었다. 오빠가 자신을 얼마나 아끼고 사랑하는지 또 다른 하나는 시어머니와 친정어머니, 두 늙은 여자의 흠결이 얼마나 자신을 화나게 만드는지.

"제가 제대로 된 집안에서 태어나기만 했어도 지금쯤 뭐가 되든 됐을 거예요. 저희 어머니는 절 너무 소홀하게 키우셨어요. 대학도 보내주지 않았고요. 제가 만약 충분히 사랑받고 공부를 많이 했다면 전 뭐든 해냈을 거예요."

"사랑만 듬뿍 받고 자란 사람이 어디 그리 흔한가

요? 다들 마찬가지예요. 전 어린 시절에 관심도 못 받고 자랐어요. 집안 형편도 너무 어려웠고요."

참다못한 록미가 한마디 했다. 이른 나이에 결혼한 록미에게는 벌써 대입을 준비하는 아들과 똑똑한 중학생 딸이 있었다. 엘라는 아직 자녀들이 어려서 자유롭게 다니질 못했다. 육아에서 벗어나긴 했지만, 바쁘게 사는 건 록미도 마찬가지였다. 곧 마흔이 되는 그녀는 초등학교 보조교사로 일하면서 읍내 상점에서 파트타임 근무를 했다.

그에 비해 상아는 별다른 경제 활동을 하지 않았다. 그러나 돈벌이만 없을 뿐 아무 일도 하지 않는 것은 아니었다. 섬마을 여자 중에 아무 일도 하지 않는 사람은 없었다. 그럼에도 상아는 극구 자신은 절대 일하지 않겠다며 섬사람들처럼 일만 하면서 나이 먹긴 싫다고 했다.

"전 하기 싫을 땐 아무것도 하지 않아요. 방 안에 누워서 꼼짝도 안 해요. 시엄마가 방문을 두드려도 모르는 척 대답도 안 해요. 시엄마 상대하기가 귀찮아서요."

"그래도 그러면 안 되죠. 시어머니가 부르시는데 대답 정도는 해야죠."

엘라가 쯧쯧 혀를 찼다.

"시엄마랑 같이 사는 게 너무 싫어서 따로 독립하자고 오빠에게 계속 말했는데도 오빠 요지부동이에요. 지난겨울에는 눈도 많이 오고 밖에 다니기도 불편해서 딱 석 달만 읍내에서 둘이 살아보자고 그랬어요. 함께 읍내 원룸도 보러 다니고 그랬는데 결국 그렇게 하지 못했어요."

"왜요?"

록미가 상습 민원인을 대하는 공무원 같은 표정으로 물었다.

"코딱지만 한 원룸인데도 월세가 생각보다 비싸고 관리비며 뭐며 들어가는 돈이 은근히 많아서요. 게다가 어찌나 좁은지 사는 게 너무 불편하겠더라고요. 전

죽어도 그런 데에선 못 살겠어요. 그래서 포기했죠. 요즘엔 딱 일 년만 휴가를 달라고 조르는 중이에요. 일 년 동안 혼자 외국 여행을 다니고 싶어서요. 전 부다페스트에 가고 싶어요. 그곳에서 멋진 외국 남자를 만나서 불같은 사랑을 할 거예요. 그게 제 인생의 목표예요. 오빠는 안 된다고 펄쩍 뛰면서 반대하지만 전 꼭 가고 싶어요."

"멋지네요. 잘해봐요."

엘라가 깔깔 웃으면서 맞장구쳤다.

"전 진짜 갈 수 있어요. 무슨 수를 써서라도 가고야 말 거예요. 전 정말 그럴 수 있다니까요."

"누가 뭐래요? 알았으니까 잘 갔다 와요. 올 때 선물 사 오는 거 잊지 말고요."

엘라가 천연덕스럽게 대꾸하자 상아는 못내 분한 표정을 지었다.

잠자코 있던 내가 입을 열었다.

"상아 님. 외국에서 낯선 남자와 불같은 사랑에 빠

지겠다는 목표는 결혼하지 않은 여자들이나 세울 수
있는 것 아닌가요? 상아 님에겐 남편이 있잖아요. 그
런데 왜 이제 와서 미혼 시절에도 가지 않았던 외국
에 나가시겠다는 거죠? 결혼 전에는 뭘 하셨는데요?"

불쑥 튀어나온 나의 말에 상아를 비롯해 다들 당황
했다.

"안 한 게 아니라 못했어요. 그땐 직장 다니느라 정
말 힘들었으니까요. 저를 위해서 뭔가 할 엄두를 내지
못했어요. 그래서 전 오빠에게 너무 감사해요. 오빠
제가 해달라는 건 뭐든 다 들어주니까요."

록미가 이제 그만하라는 눈치를 보냈지만, 나는 한
번 입 밖으로 꺼낸 말을 멈추지 않았다.

"그런데 뭐든 다 해주신다는 그 남편분께선 상아
님이 시어머니와 함께 사는 걸 이렇게까지 싫어하는
데 여전히 분가하지 않고 있잖아요?"

얼굴이 붉어진 상아가 입을 꾹 다물었다. 록미가 서
둘러 말했다.

"아휴, 사정이 있겠죠. 그리고 그까짓 여행, 가고 싶으면 가면 되지 뭘 그래요. 어디라고 했죠? 거기가 어디건 그게 뭐 대수라고요. 남편한테 조르지 말고 자기가 직접 벌어서 가도록 해요. 여기만큼 일하기 쉬운 곳도 없으니까요. 본인 몸 하나 부지런하게 놀리면 얼마든지 벌 수 있어요. 여름 성수기가 아니더라도 여긴 사람 구하는 일자리가 항상 있어요."

마음이 작동하는 원리

감정에 휘둘려 나를 잃어버린 듯한 순간이 있다. 다시 생각해도 그때의 나는 내가 아닌 것 같다. 그런데 그때의 나는 누구이고 내가 아니라고 생각하는 나는 누구일까? 감정에 휘둘린 나는 누구이고 잃어버린 나는 누구이며 나를 잃어버렸다고 여기는 나는 또 누구일까?

요가에서는 생각하고 감정을 느끼는 나 너머에 관조하는 진짜 내가 있다고 여긴다. 감정을 느끼고 사유

하는 나는 내가 아니다. 데카르트의 '나는 생각한다. 고로 존재한다.'라는 유명한 명제가 요가에서만큼은 적용되지 않는다. 생각하고 감정을 느끼는 나는 존재하지 않는 가짜 자아다.

부끄러운 일이지만, 나는 끓어오르는 감정을 조절하지 못했다. 주로 분노의 형태로 표출되는 감정은 예기치 못한 순간 예기치 않게 터져 나왔다. 이런 감정적인 결함은 당연히 인간관계에서 자주 난처한 상황을 불러일으켰다. 그럴 때마다 기분이 참담했는데 때로는 내가 한 행동에 스스로 영문을 몰랐다.

나는 줄곧 상아에게 화가 난 상태였다. 그 이유가 무엇인지 며칠 동안 고심해도 만족할 만한 답을 얻지 못했다. 상아의 기승전 남편 혹은 기승전 시어머니로 이어지는 화젯거리나 제멋대로인 그녀의 기분, 어디서나 돋보이려는 태도를 탓하기는 쉽지만, 그건 어디까지나 상아의 몫으로 굳이 내가 화를 낼 이유는 없었다. 나는 상아로 인해 해를 입은 일도, 덕을 본 일도 없다.

　이유를 알 수 없지만, 나에게는 어떤 마음에 의해 동일하게 반복되는 행동 패턴이 있었다. 버튼을 누르면 똑같은 캔을 토해내는 자판기처럼 온전히 나에게 속한 어떤 문제, 해결되지 못한 마음으로 인한 프로세스였다. 상아는 의도치 않게 그것이 작동하는 버튼을 건드린 것뿐이었다.

　버튼이 눌러진 마음은 상황을 살필 겨를도 없이 즉각 반응한다. 상대방에게 공격적인 언행을 주저하지 않는다. 상아뿐 아니었다. 나중에는 록미에게도 비슷한 실수를 저질렀다. 타인의 말이나 행동, 심지어 누군가의 존재만으로 마음의 버튼이 눌러지고 동요에 휩싸이는 전개가 반복되었다. 자극받지 않으려는 노력은 쓸데없었다. 관계로부터 완전히 고립된 상태에서조차 침착함을 잃어버리게 만드는 사건이 일어났다. 버튼이 눌리지 않도록 이중 삼중 보호막을 씌우는 방법도 소용없었다. 버튼을 없애는 것만이 감정의 프로세스에서 벗어나는 유일한 해결책이었다.

알랭 드 보통은 매일 아침 두꺼비 한 마리를 삼켜야 그날 하루 밥벌이를 하면서 겪어야 하는 고충을 견디기 쉬울 것이라고 말했다. 두꺼비를 통째로 삼킨 마당에 무엇을 감당하지 못하겠냐는 것이다.

어느 직업에나 괴로움이 존재하지만, 요가는 신체 운동을 넘어 마음으로 이어지기 때문에 훗날 평화로운 직업으로 자리 잡으리라 기대했다. 하지만 시간이 지날수록 요가 강사라는 직업을 택한 것이 과연 잘한 일이었는지 회의를 느껴야 했다. 몸과 마음에 주의를 기울일수록 해결되지 않는 문제와 맞닥뜨렸다.

마음의 문제는 어느 날 갑자기 생겨난 것이 아니다. 난 행복해질 거야, 난 부자가 될 거야, 되뇌는 정도로 해결되지 않는다. 사람은 결국 자신이 원하는 대로 살게 된다. 그러나 자신이 진정으로 원하는 것이 무엇인지 아는 사람은 드물다. 내면의 뿌리 믿음을 인지하는 사람은 그보다 적다. 누구나 그렇게 쉽게 접근할 수 있다면 자아를 잃어버리게 만드는 버튼 따위 진작 해체했을 것이다. 마음은 우리가 자신을 그렇게 간단하게 교정하도록 내버려두지 않는다.

감정의 단계

두 번째 명상 수업은 감정이었다. '감정의 단계'는 감정에 순위를 부여해 높은 단계에서 낮은 단계까지 차등하게 분류한 것이다. 한때 세계적인 반향을 일으켰던 『시크릿』의 제작자 론다 번에게 직접적인 영향을 준 아브라함 힉스에 따른 것이라고 한다. 믿는 대로 이루어진다는 힉스의 말은 부자가 되는 방법으로 연결되었고 늘 그렇듯 돈을 벌 수 있다는 한마디가 사람들을 구름처럼 불러 모았다.

감정에도 높고 낮음이 있다는 주장에 과학적 근거가 충분하다고 생각되지는 않는다. 긍정의 힘이라거나 끌어들임의 법칙 같은 이론은 개인의 믿음에 기반한 것이고 믿거나 혹은 믿지 않거나 각자 선택의 몫이다. 환희와 사랑, 열정 같은 긍정적인 감정이 인생을 긍정적인 방향으로 두려움과 비탄, 절망 같은 부정적인 감정이 부정적인 방향으로 우리를 이끈다는 주장은 맹신하기도 무시하기도 어렵다.

감정이란 에너지로 비슷한 파장을 가진 에너지에 반응하기 때문에 에너지장으로 이루어진 우리의 세상에 영향을 받고 영향을 끼친다는 가설은 공감과 반박의 여지를 모두 가진다. 예민한 감각을 지닌 고양이들과 함께 사는 나는 감정이 실재하는 물질이라고 여긴다. 고양이들은 사람의 속성과 감정에 민감하게 반응한다.

❀

모든 종교는 사후 세계관을 가지고 있다. 종교에서는 인간의 존재 이유를 죽음 이후의 구원과 영생에 둔다. 사후의 삶이 더 중요하다고 강조한다. 반면 요가는 죽음 이후를 말하지 않는다. 카르마에 의한 환생이라는 독특한 세계관에 뿌리를 두고 있지만, 요가의 목적은 살아가는 동안 몸과 마음의 고통에서 벗어나 평화와 기쁨을 인식하는 것이다.

요가에서도 선과 악의 개념이 있다. '구나'라는 세 가지 성질 중에서 어둡고 무겁고 무기력하고 무지한 특성을 가진 '타마스'는 악에 가깝고 조화와 균형을 이루며 정신적으로 명료한 특성을 가진 '사트바'는 선이다.

감정은 세상과 연결되어 나를 구축하는 방식이다. 루아 선생님은 부정적인 단계의 감정을 긍정적인 단계의 감정 상태로 끌어 올릴 수 있도록 의식적으로 노력해야 한다고 말했다. 하지만 그게 너무 어렵다면 감정을 바꾸려는 노력을 멈추고 그저 낮은 상태의 감정 속에서 동요하지 않고 그 감정이 지나가길 기다리는 것도 하나의 방법이라고 말해주었다.

섬의 여자들

상아는 자기 집에서 그다지 멀지 않은 편의점에서 아르바이트를 시작했다. 그래서 더는 요가원에 나올 수 없다고 했다. 록미가 말한 것처럼 오빠에게 부탁하지 않고 직접 여행경비를 벌기 위해서였다. 그렇게 해서라도 반드시 부다페스트로 갈 것이며 오빠는 별로 좋아하진 않겠지만, 그래도 자신을 말릴 순 없을 거라고 했다. 그녀는 할 수 있다고 스스로 다짐하듯 몇 번이나 되풀이 말했다. 겪어 보니까 편의점 일도 생각보다 꽤 괜찮다고 했다. 집에서 자전거로 십오 분밖에 걸리지 않는 편의점은 손님도 별로 없어서 그저 노닥거리면서 시간을 보낼 수 있다고 했다. 편의점 사장이 자신에게 호감과 총애를 숨기지 않는다는 말도 빼먹지 않았다. 나는 아무 말 하지 못했다.

섬에는 남편을 따라 들어온 도시 여자들이 적지 않았다. 돈을 번 섬사람들은 자녀를 육지로 보냈다. 그 중 몇몇은 안정적인 직업을 얻어 도시에 정착하지만, 대개 학업과 사회생활을 마치고 연어처럼 섬으로 되돌아왔다. 도시의 삶은 팍팍했고 그들의 고향은 관광 개발로 돈을 벌고 있었다.

섬에서는 남자보다 여자가 더 열심히 일했다. 시부모를 모시면서 살림과 육아를 도맡아야 하는 건 당연했고 돈도 벌어야 했다. 재산이 많든 적든 여자가 집 안 살림만 하면 '놀고 있다'고 여겼다. 시간을 쪼개 남의 농사일을 해서 품삯을 받거나 아예 남는 땅에 직접 농사를 지었다. 이런저런 지역 행사에서 시간제 일

당을 받기도 했다.

섬에는 소일거리가 없었다. 상아처럼 이웃이 없는 산골에 독채를 짓고 사는 여자들은 얘기를 나눌 사람조차 없었다. 도시에서 온 여자들은 섬에서의 삶을 견디기 위해 무엇이든 해야 했다. 상아 역시 다르지 않았다. 다소 정제되지 않은 방식이었지만, 그녀 나름대로 섬에 정착하기 위해 노력하고 있었다. 엘라와 록미를 비롯해 섬의 여자들은 그 사실을 이미 알고 있었다.

토요일 오전 7시, 서울로 출발하는 고속버스 안은 텅 비다시피 했다. 시외버스터미널 좁은 부스에서 표를 끊어주는 불친절한 중년 남자가 출근하기 전이었다. 미리 받아놓은 휴대전화 QR코드로 검표하고 버스에 오르면 아무 좌석이나 골라 앉아도 상관없었다. 버스는 연륙교를 건너 산줄기와 들판과 촌락이 비슷한 풍경으로 이어지는 도로를 달렸다. 섬에서 서울까지는 세 시간이 소요되었다.

주말 특강은 두 시간 동안 계속되는 하타 수업이나 아쉬탕가 프라이머리 수업이었다. 요가실 바닥에 촘촘하게 요가 매트가 깔렸고 수강생들은 서로의 숨을 부대끼며 우르드바다누라사나, 드롭백앤컴업, 시르샤사나를 반복했다. 동작마다 열 호흡이상 유지하는 수리야 나마스카라가 좌우 다섯 사이클이었다. 진도를 따라가기 어려웠던 나는 요가실 구석에 앉아 중력을 간단하게 무시하는 젊은 요가 강사들을 지켜보곤 했다.

다시 섬으로 돌아갈 때면 고속버스터미널에서 버스를 기다렸다. 시간이 지칠 정도로 남아 커피숍에서 특강 시퀀스를 정리하거나 분철해서 가지고 다니는 책을 꺼내 읽었다. 『요가 아나토미』, 『꾼달리니 딴뜨라』, 『아쉬탕가 요가의 정석』 그리고 아헹가의 『요가 디피

카』같은 책이었다.

아헹가와 파타비 조이스는 현대 요가에 있어서 중요한 요가 스승이다. 두 사람은 비슷한 시기에 현대 요가의 아버지라고 불리는 크리슈나 마차리야 밑에서 요가를 배웠다. 아헹가는 크리슈나 마차리야의 독려로 서구에 요가를 전파하기 시작했고 아헹가 요가의 창시자가 되었다. 파타비 조이스는 아쉬탕가 빈야사 요가를 창시했다. 두 사람은 공통적으로 요가 수련이 육체가 아닌 마음에 있음을 강조했다.

아헹가는 여러 저서를 통해 요가를 하는 사람이 어떻게 살아야 하는지 알려주었다. 그는 환생하지 않는 향유자와 분노와 죽음의 공포에서 벗어나 순수한 삶을 영위하는 방법에 대해 이야기했다. 요가를 하는 사람은 지나간 시간을 잊고 내일의 걱정에 얽매이지 않고 오롯한 지금에 머문다. 나는 『요가디피카』 서문을 외우고 되뇌었다.

우리에게는 영원한 지금뿐이다. 과거는 이미 존재

하지 않으며 미래는 아직 존재하지 않는다. 그러나 나는 아헹가의 말을 이해할 수 없었다. 과거와 현재가 동시에 존재한다는 사실이 머리로도 가슴으로도 와닿지 않았다. 이 순간이란 언제를 말하는 것이고 진짜 나의 삶이란 또 무엇을 말하는 것일까.

과거와 현재는 공존할 수 없다. 광화문에서 보냈던 시간, 창밖 너머 바라보던 거리 풍경, 인왕산의 낮은 봉우리와 서울경찰청 건물 앞을 지나다니던 사람들, 채워지지 않는 빈곤함을 위로했던 꿈과 계획은 다시 오지 않을 것이다. 나의 지금은 과거의 덧없는 희망과 앞이 보이지 않는 미래 사이에 놓인 어리석은 철창이었다.

현실이라는 꿈

광화문 서점

광화문은 내가 이삼십 대를 보낸 곳이다. 편집 디자이너였던 나는 회사를 여러 군데 다녔고 어떤 시기에는 프리랜서로 지냈다. 매거진에서 일했던 기간이 길어서 연극인, 영화인, 음악가, 작가, 포토그래퍼, 편집자, 스타일리스트 등 예술 전반에 걸친 다양한 사람들과 어울릴 기회가 많았다. 나는 예술의 가치를 높이 샀지만, 그 분야에 대해 정작 얕은 지식뿐이라서 예술가들을 만날 때마다 쉽게 고무되었다가 빠르게 실망

했다.

　다시 찾은 광화문 거리는 예전과 비슷한 듯 달랐다. 공사 중이었던 빌딩이 완공되었고 낡은 건물들은 리모델링으로 말끔했다. 오봉팽이 있던 자리에 킨코스가 들어섰다가 다시 이름 모를 매장으로 바뀌었다. 공항 대합실 느낌을 풍기는 스타벅스 간판이 블록마다 눈에 들어왔다. 고양이와 살았던 오피스텔 건물은 그대로였지만, 뒤편 좁은 골목길이 사라졌다. 처음 요가를 접했던 학원도 자취를 감췄다. 이제는 구식이 되어버린 그 오피스텔은 방마다 보일러 수납공간이 있었고 방음에 취약했다.

　광화문에서 살 때 산책을 다녔다. 겉옷 하나만 걸치고 무작정 밖을 나서도 가까운 거리에 크고 작은 미술관과 박물관, 카페, 유적지가 있었다. 번잡하지 않은 신문로 골목에서 커피를 마셨고 오래된 궁궐의 면면을 살폈다. 나는 박석이 깔린 광장을 따라 흐르는 빗물과 조명이 닿지 않은 어두운 처마 밑과 광화문의

대형서점을 좋아했다.

책으로 둘러싸인 서점은 나에게 안전하고 익숙하면서 소속감을 주는 셸터였다. 부상병과 패잔병과 신병이 모여 구조선 같은 책을 기웃거리는 곳이었다. 각자의 전쟁을 치러야 하는 군인들은 약간의 위로와 휴식에 아쉬운 만족을 느끼며 이내 전장으로 복귀했지만, 나는 탈영병이 되어 그곳에 남았다. 서점을 서성이며 책 읽는 사람들의 얼굴을 구경하는 일을 계속할 수 있을 것 같았다.

모든 것이 불투명했던 젊은 시절에는 내가 누구인지 알고 싶었다. 조상으로부터 물려받은 유전자와 분리되어 어디에도 속하지 않은 진짜 나, 누군가의 무엇으로 살기 위해 끊임없이 세상에 자신을 증명해야 하는 나 이전에 존재로서의 나, 그 자체만으로 이미 충분한 나를 찾고 싶었다. 하지만 세월이 지난 후에도 그런 것은 찾을 수 없었다. 대신 우리 인류 중 가장 똑똑한 사람들이 자아란 환상에 불과하며 죽음 이후의 삶을 꿈꾸는 것은 어리석은 모순이라고 알려주었다.

❁

진정한 나 '아트만'은 죽은 뒤에도 소멸하지 않는다. '진아' 또는 '참나'라고도 한다. 고대 인도 경전 『베다』에 기초하는 브라만교에 따르면 인간은 업에 따라 윤회를 반복하다가 선정을 통해 진리에 도달하면 윤회에서 벗어나 해탈에 이른다. 불교와 힌두교를 비롯해 브라만교에서 파생된 종교는 공통으로 이런 골자를 따른다.

'브라만'은 우주의 신성한 힘을 의미한다. 아트만은 개인의 개별적 자아다. 아트만이 사라지면 인간은 목숨을 잃는다. 그러나 아트만은 육체가 사라져도 죽지 않는다. 헌 옷을 버리고 새 옷을 입는 것처럼 다른 육체로 옮겨간다. 그것을 삼사라(윤회)라고 부르며 삼사라에서의 해방이 모크샤(해탈)다.

파탄잘리의 요가 철학은 푸루샤(순수 정신)와 프라크리티(순수 물질)가 만나 세상을 창조했다는 상키아학파의 이원론적 세계관을 그대로 수용했다. 불멸하는 아트만은 푸루샤와 프라크리티의 결합으로 만들어진 우리 우주가 끝날 때까지 마치 열역학 제1 법칙을 따르는 것처럼 영속적으로 보존된다.

아트만은 슬픔과 기쁨을 초월한 순수한 의식이라고 한다. 영혼으로 해석되기 쉽지만, '내 영혼이 슬퍼한다' 혹은 '영혼이 기뻐한다'라는 말과 달리 아트만은 슬퍼하거나 기뻐하지 않는다.

『우파니샤드』에는 나뭇가지에 나란히 앉은 두 마리의 새에 관한 이야기가 나온다. 두 마리 새는 각각 에고와 아트만이다. 에고는 나뭇가지에 달린 기쁨과 슬픔과 즐거움과 괴로움의 열매를 쪼아먹느라고 정신이 없다. 기뻐하고 슬퍼하고 즐거워하고 괴로워하는 에고를 조용하게 관조하는 다른 한 마리가 아트만이다.

느끼고 생각하는 나는 진짜 내가 아닌 가짜 나, 에고다. 에고를 바라보는 내가 진짜 나, 아트만이다.

아트만은 존재하기 때문에 불멸한다. 에고는 존재하지 않기 때문에 사라진다. 그래서 에고는 자신의 존재를 증명하기 위해 삶에서 온갖 드라마를 만들어낸다. 우리의 어리석은 결정은 시시각각 슬퍼하고 기뻐하고 괴로워하고 즐거워하는 에고에서 비롯된다. 혼란한 마음으로 화를 내고, 폭력을 휘두르고, 성급하게 말하고, 타인과 자신에게 가혹하게 대한다. 그러면서 왜 그렇게 행동하는지 자신도 알지 못한다. 우리는 아트만이 아닌 에고와 쉽게 동일시된다.

'우파니샤드'는 무릎이 닿을 정도로 가까이 아래에 앉는다는 뜻이다. 스승이 제자에게 은밀하게 전해주는 심오한 비밀이다. 브라만 사제의 아들 니치케타는 죽음의 신 야마를 찾아가 삶과 죽음의 비밀을 알려달라고 부탁한다. 난처해진 죽음의 신은 그에게 세상의 모든 즐거움을 줄 테니까 그냥 돌아가라고 타이른다.

니치케타가 덧없는 부귀영화에는 관심이 없다고 단호
하게 거절하자 죽음의 신은 그에게 비밀을 말해준다.

세탁기만큼의 무게

　내 이혼의 과정은 세상의 모든 이혼에서 벌어질 법한 추악한 것들을 모조리 모아 놓은 쓰레기통과 다름없었다. 양쪽 모두 단 석 달뿐이었던 결혼 관계를 끝내기 위해 이 년 반이라는 시간을 법원에서 허비하리라곤 예상하지 못했다. 돈을 주지 않기 위한, 돈을 받기 위한 싸움이었다. 애초에 위자료를 제대로 받을 가능성은 없었다. 변호사는 승소는 하겠지만, 상처뿐인 영광이 될 뿐 결국 받는 금액은 얼마 되지 않을 것이라고 했다. 변호사의 말 그대로였다.

사람들은 독하다고 손가락질했지만, 나는 독한 마음으로 버틴 것이 아니었다. 왜 이런 일이 나에게 벌어졌을까, 나 자신을 위해 무엇을 해야 할지 판단하지 못하고 시간을 보냈을 뿐이다. 혼자만의 문제였다면 좀 더 신속하게 결정했을 테지만, 그 결혼과 이혼에는 너무 많은 사람이 연루되어 있었다.

이혼 소송과 동시에 진행된 명도소송으로 인해 내 이름과 아무 상관 없었던 아파트에서 나가게 되었을 때 나는 고양이 앙쯔와 밋츠를 데리고 망원동 작은 원룸으로 이사했다. 재심으로 접어든 이혼 소송이 여전히 끝나지 않은 상태였는데 시간이 지나 소송이 완전히 종결될 무렵에는 가족과 친구, 선후배와의 가느다란 인연이 너덜너덜하게 끊겨 나갔다.

짧은 결혼생활을 했던 아파트에서 홀로 지냈던 기간은 앞으로 나아가지도 뒤로 물러서지도 못한 채 쓸모없이 버려진 유령 같은 시간이었다. 살림 대부분을 정리하고 이사하는 날 안도의 한숨이 저절로 나왔다. 자신의 집도, 누구의 집도 아니었던 감옥 같은 그곳이 아니라면 어디로라도 떠날 수 있기를 고대하며 더는 하루하루 지워나가지 않아도 괜찮았다.

건물 구석진 공간에 숨겨진 듯 방문이 달린 망원동 원룸은 반지하만큼이나 햇빛이 들지 않았다. 좁은 다용도실에 외부로 향하는 유일한 창문이 있었는데 창밖으로 보이는 것이라곤 팔을 뻗으면 닿을 거리에 있는 옆 건물 외벽이 전부였다. 원룸은 어느새 폐기된 결혼의 잔해로 채워진 창고가 되었다. 5인용 가죽 소파와 공방에서 맞춘 콘솔을 모두 처분하기까지 몇 년이 걸렸다. 그때의 나는 쉽게 버리지도, 가지지도 못했다. 주고 싶은 사람이 생길 때마다 그것들을 하나씩 주었고 돈은 받지 않았다.

좁은 원룸에서 삶의 괴로움만큼이나 육중한 가구를 짊어지게 된 나는 숨 쉴 곳을 찾아 창문 앞에 붉은색

스툴 한 개를 놓고 담배를 피우며 좁은 골목 사이를 지나다니는 길고양이를 바라보았다. 어두침침한 창 밖으로 보이는 것이 전혀 없는 밤이면 다용도실에 놓인 드럼 세탁기에 시선을 고정했다. 전면에 둥근 창이 달린 세탁기는 내 눈에 원형을 둘러싼 하얀색 사각형 평면으로 보였다. 어우러져 하나인 듯 보이지만, 완전하게 다른 두 개의 형태였다. 사각형과 원형은 서로에게 아무런 적의를 보이지 않으면서 연대하지 않았다. 그저 균형을 이루고 있을 뿐이었다.

두 개의 형태 사이에 흐르는 기묘한 긴장과 안정감이 나에게 평화로움을 주었는지 아니면 조용한 절망감을 주었는지 잘 모르겠다. 내가 알 수 있었던 것은 무섭도록 견디기 어렵다는 사실이었다. 전조 혹은 예감처럼 다가온 불안은 늦은 저녁 망원동 골목에서 들려오는 소음보다 존재감이 컸고 현실적이었다.

머릿속에서 어떤 이미지가 계속 떠올랐다. 쏟아지는 폭우에 흙탕물이 급살을 이루며 마구 흐르는데 온

갓 쓰레기와 함께 이리저리 힘없이 떠내려가는 종잇
조각이 바로 나였다.

세탁기 전면에 달린 둥근 창과 네모반듯한 몸체에
시선을 고정하고 담배 서너 개를 연달아 피웠다. 나와
고양이들은 햇볕도 쬐지 못한 채 망원동에서 세탁기
무게만큼의 시간을 보냈다.

미달하거나 과도하거나

그즈음 체력이 떨어지다 못해 바닥을 치고 있었다. 아침에 눈 뜨는 일이 세상에서 제일 어려웠다. 몸이 납덩이처럼 무거웠고 조금만 걸어도 숨이 찼다. 극심한 불면증에 시달렸고 자리에서 일어서면 현기증에 비틀거렸다. 온몸이 아파서 손가락 하나 까닥하기 어려웠다. 휴일이면 배달 음식을 주문하곤 온종일 침대에서 일어나지 못했다. 보다 못한 지인이 몸을 움직여야 한다며 내 손을 끌고 근처 요가원을 찾았다. 소용

없는 일이라고 생각했지만 나는 의외로 성실하게 수업을 받았다. 나중에 요가를 권한 지인과 인연이 끊겼어도 요가만큼은 계속했다.

회복을 위한 요가는 쉽고 단순하고 호흡이 길었다. 검은 나무 향합에서 풍기는 미묘한 향냄새와 낮은 만트라가 고요하게 뒤섞인 요가실 바닥에 죽은 듯 누워 있으면 집으로 돌아온 것 같은 안도감이 느껴지고 졸음이 쏟아졌다. 제대로 잠잘 수 있게 되자, 체력과 의욕이 조금씩 돌아오기 시작했다.

망원동 원룸을 떠나 합정역 근처 오피스텔로 거처를 옮겼다. 월세가 높은 편이었지만, 직장이 있으니 어떻게든 될 거라고 여겼다. 나와 고양이들에게는 내리쬐는 밝은 햇빛이 절실했다.

디자인 업무는 야근과 밤샘 작업이 잦았고 마감이 가까워지면 휴일도 없었다. 한두 해 지나 다시 체력적으로 버거워지자, 스스로 커리어에 대해 진지하게 고민하게 되었다. 업무 자체가 싫었던 건 아니었다. 하지만 소모되는 인적 부품으로 계속 일할 순 없었다. 앞으로 무슨 일을 얼마나 할 수 있을까. 하고 싶은 일과 하고 싶지 않은 일, 할 수 있는 일과 할 수 없는 일, 해야 하는 일과 하지 않아도 되는 일을 분류했다. 더는 영혼을 갈아 돈으로 환산하는 일을 하고 싶지 않았다. 필경사 바틀비처럼 "하지 않는 편을 택하겠습니다."라고 말하고 싶었지만, 소설 속 바틀비는 감옥에서 굶어 죽었다. 바틀비가 되어 먹는 행위조차 거부할 순 없었다. 바틀비와 달리 내게는 고양이가 있었다. 그게 무엇인지 선명하진 않지만, 꼭 해야 할 것 같은 일도 있었다.

회사에 다니는 동안 요가 지도자 과정을 이수했다. 금연에 성공했고 매일 같은 시간에 일어나 일과를 마치면 어김없이 요가 수업을 찾았다. 주변을 청소했고 음식을 만들어 먹었다. 팔다리에 제법 근육이 붙었고 쉬지 않고 앞으로 나아갈 의지도 쌓아갔다.

직장 생활은 여전히 아슬아슬했다. 한 회사에 꾸준하게 머무르지 못했기 때문에 승진은 꿈도 꾸지 않았다. 이혼 전에도 사람들과 어울리는 일에 서툴렀던 나는 직장 동료들과 잘 지내지 못했다. 내게는 사람 사이의 공기를 읽는 능력이 부족했다. 인간관계의 미묘한 기류에 둔감했고 반면 사람들이 무신경하게 흘려보내는 것들에 대해 지나치게 예민했다.

직장 동료들이 모여 나누는 화제 중에 흥미를 돋우는 건 하나도 없었다. 부동산과 재테크, 유행하는 스타일, 누군가에 대한 가십이나 스캔들, 들으면 들을수록 더욱 지치는 이야기를 왜 노동이 끝난 후에도 계속하는지 이해할 수 없었다. 타인과의 대화는 공허하게 흩어졌고 회식과 사교는 고역스러운 잔업이 되었다.

나는 이런저런 핑계를 대고 혼자 점심을 먹었다. 커피 전문점에서 샌드위치를 앞에 두고 앉아있을 때가

나로 존재할 수 있는 유일한 시간 같았다. 직장 동료
뿐 아니라 가족과 친구를 만날 때도 소리가 전달되지
않는 유리벽 앞에 선 것 같았다. 애초에 말로 소통하
거나 이해받으려는 시도는 무의미했다. 누구라도 나
에게 똑같은 말을 건넸다. 사람이 너무 오래 혼자 살
다 보면 정신이 이상해지는 법이라고. 밖으로 나가서
누구라도 만나야 한다고. 그러나 정신이 이상해지지
않기 위해 해야 한다는 그 일들이 나로서는 견디기
어려웠다. 이혼한 뒤로는 차라리 그 핑계로 사람들과
만나는 자리에 얼굴을 보이지 않았다.

나는 모범적인 인생을 꾸려나가는 사람들과 확연하
게 구분되는 부류였다. 무리 속에 섞여 있을 때 항상
규격에 어긋났다. 미달하거나 과도했다. 어떻게든 이
세상에 자신을 끼워 맞춰 보려고 미련스러울 정도로

애썼지만, 결과는 불 보듯 뻔했다. 중간 어디쯤에서 적당히 살아가는 방법을 알지 못하는 사람들, 극과 극 외에 설 자리가 없는 사람들, 그래서 도태되는 사람들. 어느 지점에 이르자 결국 포기할 수밖에 없었다.

밋츠

밋츠는 성격이 순한 터키쉬 앙고라 어미와 함께 버려진 새끼 고양이였다. 도시 어딘가에서 구조되어 입양 갔던 새끼 고양이는 며칠 만에 파양 당해 갈 곳이 없어졌고 그 바람에 내가 임시 보호하게 되었다. 밋츠가 파양된 이유는 주인을 따르지 않고 온종일 빽빽 울어댔기 때문이었다.

나는 막 시작된 이혼 소송으로 손발이 묶여 옴짝달싹하지 못하던 중이었다. 내게는 이미 고양이 앙쯔가 있었고 반려동물 숫자를 늘리긴 어려웠다. 그러나 어미를 닮아 하얗고 송송한 털을 가진 새끼 고양이와 눈이 마주쳤을 때 작고 어린 동물은 울음을 그치고 내 얼굴을 빤히 바라보았다. 눈처럼 하얀 새끼 고양이는 나와 함께 살 운명이었다.

믹츠는 특별한 고양이었다. 여러 고양이를 겪기 전에는 고양이란 원래 그런 것이라고 여겼다. 하지만 고양이들은 제각각 달랐다. 배가 고플 때 앙쯔는 찢어질 듯 울었고 나중에 거리에서 만난 카버는 내 얼굴에 자기 얼굴을 비비면서 밥을 달라고 졸랐다. 믹츠는 잠든 내 머리맡에서 앉아 내가 일어날 때까지 기다렸다. 퍼뜩 잠에서 깨어나 가만히 앉아있는 믹츠의 모습이 보일 때마다 눈을 비비면서 냉동실에 미리 넣어둔 고양이 밥을 해동했다. 고양이 캔을 줄 때도 그랬다. 앙쯔와 카버는 특별한 별식을 먹으려고 뛰어왔지만, 믹츠는 멀찍이 앉아 자신을 부를 때까지 기다렸다. 언제나 나를 기다리는 것이 믹츠의 일이었다.

믿츠는 내가 자신을 가장 사랑한다는 사실도 알고 있었다. 침대에 누운 내 옆으로 다가와 옆구리에 머리를 기대곤 나와 눈이 마주치길 기다렸다. 믿츠를 끌어 안고 믿츠의 눈을 마주 볼 때면 믿츠의 작은 심장이 세차게 뛰었다. 믿츠는 고양이답게 창밖을 바라보면서 시간을 보냈다. 고양이의 눈동자가 먼 곳 어딘가를 응시할 때면 믿츠도 더 넓은 세상에서 더 많은 것을 보고 싶어 할까 궁금했다.

혼자 살면서 고양이를 키우는 이혼녀. 어떤 이들은 이런 삶을 정상이라고 여기지 않았다. 대학을 막 졸업한 후 대기업에 근무하면서 명품백으로 나약한 자신을 단단히 무장하고 출근했던 세상에 대한 호기심으로 들뜬 이십 대의 나에게도 나이가 들어 그런 여자가 된다는 상상보다 더 큰 공포는 없었다. 그러나 한두 방울 떨어지기 시작하는 빗방울에 옷이 젖을까 전전긍긍하다가 정작 쏟아지는 빗줄기 속으로 뛰어들면 아무렇지 않은 것처럼 막상 그 여자가 되고 보니 별로 대단한 일도 아닌 것 같았다. 나는 사람들의 판단과 재촉과 의도에서 멀어지기로 했다. '사람들이 날 어떻게 여길까'라는 걱정을 멈추자 삶이 놀랄 만큼 단순하고 온건해졌다.

노을이 지는 저녁, 오피스텔 창 앞에서 모포를 두르고 앉아 두 마리 고양이와 함께 남산 타워가 걸려있는 먼 하늘을 바라보았다. 강렬하게 뒤섞인 주황빛과 분홍빛이 합정동 골목으로 내려앉았다. 나와 고양이들은 캄캄한 도시와 깜빡깜빡 점등하는 고층 건물과 골목 사이를 헤집고 다니는 젊은이들을 새벽까지 구경했다.

그때 나에게 주어진 상황이 좋게만 흘러가지 않았다. 창문을 조금 열면 도시의 차가운 공기가 우리가 사는 공간 안으로 세차게 밀려 들어왔다. 망원동 원룸에서 세탁기를 응시하며 곱씹던 전조들이 결말을 향해 구르기 시작했다. 내 존재는 흩어져 흐릿했고 그런 나를 명징하게 만드는 것은 오직 함께 사는 고양이들 뿐이었다. 밋츠의 황동색 눈동자에서 밤하늘의 별이 빛났다. 나와 밋츠 사이에 놓인 이 감정, 내가 없으면 살아남지 못하는 존재가 내 옆에서 나를 기다리고 있다는 벅찬 감정은 무엇일까. 그 순간 나는 내가 행복하다는 사실을 깨달았다.

좋아하지 않는 일과 잘하지 못하는 일

입사와 퇴사를 반복하다가 회사 생활을 정리하기로 했을 때 요가를 가르치는 새로운 직업을 가지면 어떨까 생각했다. 내게 운동은 도무지 적성에 맞지 않았지만, 요가만큼은 예외였다. 나는 우주의 일부분으로 진짜 '내'가 존재한다는 요가의 세계관과 결과에 집착하지 않으면서 한편 행위를 멈추지 말라는 요가의 가르침이 좋았다. 오랫동안 고민하고 꼼꼼하게 준비했던 전업은 아니었다. 도박성이 짙은 결정이라 그로 인한

생활고와 불편을 어느 정도 각오해야 했다.

요가 강사로 일한다는 건 생각처럼 쉽지 않았다. 요가 지도자 과정 수료증 하나만으로는 수업을 맡을 수 없었다. 필요에 따라 워크숍이나 단기 코스를 수료해야 했는데 그 비용이 만만치 않았다. 한동안 버는 돈보다 나가는 돈이 더 많았다. 적당한 수업을 찾기도 어려웠지만, 찾을 수 있다고 해도 무턱대고 수업 시간을 늘릴 수 없었다.

요가 강사로 하루 대여섯 시간씩 수업을 강행하다 보면 아무리 체력이 좋은 이십 대 강사라고 해도 신체적인 부담을 느낄 수밖에 없다. 나는 요가를 가르치면서 부상으로 인해 요가원을 찾은 피트니스 강사를 여럿 보았다. 젊은 그들은 하루 네다섯 시간씩 몇 년 동안 쉬지 않고 수업한다. 특히 잘 단련된 외모를 가진 신입 강사는 난도 높은 수업을 도맡는다. 짧은 시간에 높은 소득을 올리고는 이내 강사직을 그만두는 경우가 흔했다. 나 역시 하루 대여섯 타임까지 수업한

적이 있었는데 회사에서 야근과 밤샘을 하는 것과 마찬가지로 극심한 고단함에 시달렸다.

섬으로 향하기 전 고양이들과 함께 보냈던 마지막 한두 해는 하루하루 단순하면서 의욕적으로 흘렀다. 그러나 한편 통장 잔고는 바닥을 드러냈고 늘어나는 지출과 부채로 인해 금전적인 압박에 시달려야 했다. 동시에 마음이 한곳에 머무르지 못하고 여기저기를 계속 떠돌았다. 직업을 바꾸고 새로운 환경에 적응하는 일은 기대보다 훨씬 더 매끄럽지 않았다.

나는 몸을 움직이는 일에 재능이 부족했다. 어린 시절에도 밖으로 나가 뛰어놀기보다 방 안에 틀어박혀 그림책 들여다보길 좋아했다. 요가를 시작한 건 몸과 마음이 완전히 지쳐버린 삼십 대 중반으로 체육이나 무용을 전공한 이십 대 요가 강사에 비해 신체 능력이 크게 떨어졌다. 리프트 자세가 제대로 되질 않았고 수련에 욕심을 부리다가 관절과 근육에 부상을 당하기 일쑤였다. 결국 안 되는 아사나를 억지로 하기보다

는 할 수 있는 만큼만 하자고 씁쓸하게 다짐했다. 요
가를 가르치는 직업에 익숙해질수록 개선할 수 없는
몸과 마음의 한계도 확실하게 드러났다.

미치광이 룸메이트

명상을 시작했을 때 머릿속에서 온갖 생각이 떠올랐다. 생각하지 않으려고 해도 계속 생각났다. 특정한 기억이 아니라 의미 없는 심상, 쓸데없는 걱정, 그날 겪었던 감정 같은 것들이었다.

생각이 불가항력이라면 너무 억지로 참지 않아도 괜찮지만, 그 생각이 꼬리에 꼬리를 물고 이어지지 않도록 노력해야 한다. 생각을 따라가면 의식은 흩어진다. 생각 자체를 막는 것은 어렵지만, 생각을 끊어내는 것은 가능하다. 루아 선생님은 생각의 99%가 쓰레기에 불과하다고 말해주었다. 가치 없는 생각은 목소리를 가지고 있다. 명상할 때 사람들은 이렇게 말하는 자신의 목소리를 들을 수 있다.

'이게 다 무슨 소용이지?'

'멍청하게 눈을 감고 뭐라도 된 것처럼 앉아있는 내 모습이 웃기지 않을까?'

'코끝이 간지러워. 그냥 눈 뜨고 일어나 이곳을 나갔으면 좋겠는데.'

명상가 마이클 싱어는 그 목소리를 한시도 떼어놓을 수 없는 미치광이 룸메이트에 비유했다. 내 머릿속에도 미치광이 룸메이트가 살고 있었다.

'혹시 그 사람 마음이 변한 것은 아닐까?'

'그 친구는 날 무시하고 있어!'

'모든 게 다 그 때문이야!'

미치광이 룸메이트는 툭하면 나를 부정하고 의심하고 빗나간 예측을 하면서도 그에 대해 책임지지 않았다. 그러다가 혹시 실패라도 하면 '그것 봐! 내가 뭐라고 했어! 나서지 말라고 했잖아!'라며 나를 질책했다. 미치광이 룸메이트가 쏟아내는 쓸데없는 목소리는 쓸데없는 감정으로 이어졌고 온후하게 흘러가지 못한 채 고스란히 마음에 쌓였다.

아사나가 몸을 의지대로 움직이기 위한 수련이라면 명상은 마음을 의지대로 조절하기 위한 수련이다. 아사나가 몸을 사용한다면 명상은 마음을 사용한다. 요가에서 명상의 목적은 마음을 통해 그 너머에 있는 진정한 나 자신, 아트만을 인식하는 것이다. 아트만은 맑은 하늘과 같다. 먹구름이 끼어 잔뜩 흐린 날 우리는 하늘이 흐리다고 생각한다. 그러나 하늘은 언제나 맑다. 천변만화하는 마음이 맑은 하늘을 가릴 뿐이다. 유리창이 먼지와 더러움으로 뒤덮여 있다면 그 너머에 있는 것들을 제대로 볼 수 없게 된다. 명상은 곧 마음이라는 방을 청소하는 일이었다.

✿

　내 마음의 방은 예전 망원동 원룸처럼 차마 손을 댈 수 없는 짐으로 가득했다. 오래전 마음 어딘가에 넣어두고 언젠가 감당할 수 있을 때 열어보겠다고 방치해 왔던 것들이었다. 이혼 절차를 마무리하고 주변 사람들과 소식을 끊은 지 벌써 십 년이 넘었다. 그때까지 나는 애써 삶을 돌아보지 않으려고 했다. 이제 마음과 마주하고 그 안을 채우고 있는 감정이 무엇인지 확인해야 할 시간이었다. 깊은 곳에 묻어두고 더는 건드리지 않았던 산더미 같은 짐들이 나를 기다리고 있었다. 그것을 꺼내어 다시 들여다보는 일은 결코 즐겁지 않았다. 마음에 숨겨진 뿌리 믿음도 찾아야 했다. 뿌리 믿음은 곧 부모와의 관계를 의미했다. 루아 선생님이 말했다.

　"어떤 현자가 말했어요. 오랜 명상과 수련을 통해 이제 깨달음을 얻었다고 생각된다면 부모님과 스물

네 시간 동안 떨어지지 않고 함께 지내보라고요. 그때에도 평정을 유지할 수 있다면 정말로 깨달음을 얻은 것이라고 해요."

고통체

세 번째 명상 수업은 '업장' 또는 '페인바디'라고
불리는 '고통체'였다. 고통체는 단순한 감정이 아니라
그 자체로 인격이 된 고통을 뜻한다.

해소되지 않은 고통은 기억이 사라져도 마음 깊은
곳에 침전물을 남긴다. 어린아이가 부모의 고통체로
인해 감정적인 폭력이 시달리는 경우는 드물지 않고
그 과정에서 대를 이어 고통체가 전해진다. 고통체는
오랜 시간에 걸쳐 조금씩 부피를 늘려간다. 비교적 어

린 나이에도 고통을 꿰뚫어 보는 사람이 존재하지만, 특별한 경우가 아니라면 젊은 시절에는 고통체를 파악하기 어렵다. 고통을 이해하기 위해서는 시간이 필요하다. 고통체는 견고해지고 나서야 존재를 드러내기 때문이다.

명상 워크숍 참가자 중에는 빼어난 외모를 가진 20대 요가 강사가 있었다. 그녀는 말투와 태도가 침착했고 행동과 생각에 불순물이 없었다. 그런 그녀에게 명상은 잘 맞지 않는듯했다. 고통체를 이해하지 못했고 마음의 어두운 부분이 확실하지 않아서 그것에 접근하기가 쉽지 않은 것 같았다. 우리가 과제로 받은 매일 삼십 분의 명상이 그녀에게는 그저 시간을 보내는 것일 뿐 특별한 의미가 생기지 않는다고 토로했다. 루아 선생님은 삶을 더 살아야 한다면서 지금까지 생의 경험이 적고 운이 좋아 고통을 겪지 않았을 뿐 누구도 고통을 피할 수 없다고 말했다.

고통은 갈망과 혐오를 오가는 것이라고 한다. 무언가 간절하게 원했다가 가질 수 없어서 좌절하고 그로 인해 혐오를 느끼고 다시 또 가지려고 발버둥 치다가 눈앞에서 놓쳐버리는 것, 그것이 바로 고통이었다.

고통체는 고통을 먹으며 성장한다. 고통체를 강하게 만드는 방법은 오래된 고통에 새로운 고통을 더하는 것이다. 그래서 고통체는 삶에서 벌어지는 온갖 드라마, 미디어의 자극적인 뉴스와 존재를 드러내려는 욕구를 좋아한다. 타인을 대할 때도 상대에게 느껴지는 인상, 특히 싫고 괴로운 부분에 파고들어 고통으로 연결한다. 누구도 만나고 싶지 않아 동굴 속으로 숨어버리면 이번에는 상념만으로 괴로운 감정을 자아낸다. 고통체는 곧 그 사람의 정체성이 된다. 고통체에 사로잡힌 사람은 고통을 자신이라고 여기며 또 다른 고통을 찾아다닌다.

요가에서는 고통에서 벗어나기 위해 아브야사(끊임없는 수련)와 바이라기야(절제, 포기, 무집착)를 실

천해야 한다고 말한다. 행위와 무집착은 뜨거움과 차가움처럼 대척점에 있는 두 가지다. 인간은 목적을 위한 수단으로 행위를 한다. 그래서 아무것도 원하지 말고 그저 하라는 요가의 가르침은 쉽게 오해를 산다. 자신의 처지에 불평하지 말고 모든 것을 팔자로 여기면서 살라는 뜻인가, 개선하려는 의지나 꿈, 열망도 없이 노예처럼 일만 하다가 죽으라는 뜻인가, 공분과 무기력감을 불러일으킨다.

어린 시절 충분한 관심과 대우를 받지 못했던 사람이 그렇듯 나는 존중받지 못하는 상황에 취약했다. 누군가 떠나가거나 반대로 머무르는 것을 견디지 못했다. 고통체에 반응하는 대상을 만나면 끌리거나 혐오를 느꼈다. 요가와 명상을 하면서도 마음을 가득 채우는 것들, 건드릴까 봐 주의하고 경계해야 하는 것들,

흘려보내지 못하고 가라앉은 것들이 여전히 거기 있었다. 원하는 지점에 닿으려고 애썼지만, 그럴수록 아득하게 멀어졌다. 길은 낯설었고 스스로 어디를 향해 내달리는지 알 수 없었다. 현실적인 문제를 해결하기 위해 궂은 일을 마다하지 않았지만, 늘 그렇듯 결과는 신통치 않았다. 언젠가부터 내 삶에서 중요한 의미를 찾을 수 없었다. 분명 반짝거리는 무엇을 보았던 것 같은데 모래를 움켜쥔 것처럼 어느새 손가락 사이로 빠져나갔다. 보잘것없는 가능성이 희망을 대신했다.

괴로움과 즐거움은 평등하게 대해야 한다. 관조하는 자아, 아트만은 괴로움과 즐거움에 동화되지 않는다. 고통을 야기하는 우리의 생각은 실제가 아니다. 존재하지 않는 환상에 불과하다. 하지만 어떻게 그럴 수 있을까. 노력 끝에 혐오에서 벗어난다고 해도 어떻게 갈망하고 희망하고 매달리지 않을 수 있을까.

나는 끝까지 열의를 잃지 않았다. 행복을 추구하기

보다 불행을 피해야 하는 삶이었지만, 마음에 남은 것들을 정리하고 원하는 삶을 살기 위해 앞으로 나아가고 있다고 믿어 의심치 않았다.

한여름 밤

  섬에서 보냈던 어느 여름밤이었다. 읍내 편의점에
서 요가원 회원인 희성과 마주쳤다. 희성은 빼어난 외
모를 가진 이십 대 여성이었다. 남루한 요가원에 강
림한 천사처럼 화려한 레깅스와 탑을 입고 요가실 맨
앞줄에 반가부좌로 앉은 그녀의 자태는 사람들의 시
선을 단번에 사로잡았다. 희성은 타지 출신으로 근처
수목원으로 발령을 받아 섬으로 온 공무원이었다. 그
날 밤, 희성은 기숙사에서 함께 지내는 직장 동료들

과 외출을 나온 것 같았다. 자정이 가까운 시간에 만
난 그녀는 요가복이 아닌 헐렁한 반소매 티셔츠와 트
레이닝 팬츠에 테가 굵은 안경을 쓰고 긴 머리를 하
나로 질끈 묶은 낯선 모습이었다. 나를 본 희성이 반
색했다. 직장 동료일 거라고 짐작되는 그녀의 동행은
무엇을 봐도 놀랍거나 즐겁지 않다는 표정으로 시들
하게 고개를 까딱였다. 나는 음료수와 아이스크림 바
를 골랐고 희성과 함께 온 지루함이 얼굴에 배인 젊
은 여자 둘은 냉장고에서 맥주캔을 꺼냈다. 편의점 계
산대 아르바이트 여자와 테이블 바를 차지한 남학생
몇 명이 희성을 힐끔거렸다.

편의점 비닐봉지를 손에 들고 집으로 가려는데 희
성이 원룸 건물까지 데려다주겠다고 했다. 한사코 만
류했지만, 희성은 편의점 앞에 주차한 소형 SUV에 오
르는 동료들에게 서둘러 원룸 건물 위치를 알려주곤
내 뒤를 따라왔다.

어두운 시골길을 걸었다. 축축하고 끈끈한 공기가

주변을 휘감았다. 매미와 귀뚜라미, 개구리 소리가 요란했고 가로등 불빛마다 날벌레들이 모여들었다.

문득 희성이 물었다.

"강사님은 느낌이나 예감이 잘 맞는 편이에요?"

"전혀요."

나는 소위 영적인 사람과 거리가 멀었다. 불길한 느낌을 받았을 때 실제로 나쁜 일이 일어나기도 했지만, 그렇지 않을 때가 더 많았다. 오히려 불운한 사건은 불시에 찾아왔다. 간밤의 꿈은 그저 꿈으로 끝나는 경우가 대부분이었다. 지금껏 초자연적 현상을 목격한 적도 없었다. 초자연적 현상이 발생할 수 있지만, 유령이나 천사 같은 종교적 서사를 제멋대로 부여할 순 없다고 생각했다. '초자연'이라는 단어부터 이상했다. 세상에는 과학으로 설명할 수 없는 것들이 부지기수였다. 우주의 모든 자연법칙을 완벽하게 이해한 것도 아닌데 인간의 지성으로 이해할 수 없으니까 자연이 아니라고 말하는 건 맞지 않았다.

지금의 과학은 마음이라고 불리는 물질이 존재하는지, 존재한다면 어떻게 작동하는지, 우리의 몸에 어떤 영향을 미치는지 더 나아가 우리의 삶을 어떻게 뒤흔드는지 증명하지 못한다. 우리는 설명할 수 없는 공백에 신과 운명, 사후 세계관, 사랑, 정의 같은 개념을 채워 넣고 그것을 좇아 일생을 보낸다.

나는 나보다 훨씬 더 현명한 사람들이 인격적인 신의 존재를 믿는다는 사실에 언제나 인상을 받는다. 신을 믿는 삶은 단순하고 순전하다. 카리스마는 믿음을 가진 사람에게 나타나는 일종의 신성이다. 하지만 카리스마를 가진 신앙인을 실제로 만난 기억은 없다.

사람들을 선으로 이끄는 천사와 그들을 유혹해 타락하게 만드는 악마가 실재한다면 의도가 담긴 인간의 행위를 더는 선이나 악이라고 부를 수 없을 것이다. 악행은 천사가 자리를 비웠거나 악마가 다가온 우연에 불과하다. 죄를 물어야 한다면 업무 태만한 천사와 보이스피싱 하는 악마를 추궁해야 할 것이다.

기독교에서는 원죄를 가지고 태어난 인간은 예수를 통해 구원받게 되며 죽은 다음 상이나 벌을 내리는 심판대에 선다고 한다. 번거롭고 품이 많이 드는 과정이다. 나 같으면 신의 심판을 통해 천국이나 지옥, 어느 한군데로 이동시키기보다 세상을 영원히 살게 할 것이다. 우리는 사는 동안 천국과 지옥을 모두 겪다가 결국 천국이나 지옥, 어느 한쪽에 머무르게 될 것이다.

희성은 내가 섬을 떠나기 1년 전쯤 약혼자와 결혼 날짜가 정해져 직장을 그만두고 고향으로 돌아갔다. 아마 그녀를 다시 만날 기회는 없을 것이다. 요가를 가르치면서 오래 만났던 사람도 있고 그저 한두 번 스쳐 지나간 사람도 있다. 특별한 신뢰가 형성되는 경우는 드물었다. 늘 적당한 거리에서 사람들을 만나거나 또는 만나지 않게 되었다. 몇 년이 흘러도 줄지 않는 거리감에 어느덧 누군가를 만날 때 반드시 상대를 이해하지 않아도 괜찮다고 여기게 되었다. 희성의 현실이 아닌 것 같은 아름다움도 내 머릿속에만 존재하는 신뢰할 수 없는 심상이 되었다. 희성에게도 내게도 섬은 경유하는 여름날의 휴양지였다.

태풍

섬의 여름은 태풍과 함께 시작된다. 태풍이 섬에 미치는 영향이 얼마나 파괴적일지 예측하긴 어려웠다. 뉴스에서 몇십 년 만에 오는 큰 태풍이라고 떠들어도 정작 아무런 피해 없이 넘어갔던 해도 있고 정반대로 손실이 심각했던 해도 있었다. 섬에 태풍 경보가 발령되면 그땐 모든 조업이 중지되고 심하면 학교도 문을 닫는다. 계속 일기 예보 확인하면서 휴관 날짜를 미리 염두에 두어야 한다.

나는 요가실 창문을 모두 잠그고 창틀 사이에 테이프를 꼼꼼하게 붙였다. 화분도 창문에서 멀리 떨어뜨려 놓았고 수납장에서 찻잔과 다기를 꺼내 따로 보관했다. 요가실을 나오기 전 창밖을 확인했다. 빗줄기가 강하게 떨어지기 시작했다. 사방으로 흩뿌려진 물방울이 유리창을 세차게 두드리며 딱딱 소리를 냈다. 먼 천둥소리가 들렸고 건물 여기저기가 덜컹거렸다.

요가원을 나와 몇 걸음 걷지 않았는데 우산을 펼 수 없을 정도로 거센 바람이 불어왔다. 최대한 몸 가까이 붙잡아두려고 노력했지만, 손에서 빠져나간 우산이 멀리 날아가 버렸다. 비바람의 저항을 받으며 쫓아가기엔 너무 재빠른 속도였다. 우산 찾기를 포기하고 몸을 돌려 소방도로를 따라 걸어갔다. 머리 위로 빗줄기가 쏟아졌다. 빗물 때문에 앞을 잘 보이지 않았다. 흠뻑 젖어버려서 더는 신발이며 옷이며 신경 쓰지 않았다. 뛰어간다고 생각했는데 실제로는 걷는 속도보다 느렸을 것이다. 야윈 체격이 아니었는데도 몸이 자꾸 휘청거렸다. 엄청나게 시끄러운 천둥소리가 세상을 몇 번이나 찢어놓았다.

경사진 보도블록을 따라 빗물이 도랑처럼 흘렀다. 격렬하게 쏟아내는 탁한 물속에서 작은 나뭇가지와 자갈과 비닐봉지와 구겨진 폐지가 잠겨 이리저리 떠내려갔다. 물살이 발목으로 차올랐고 무언가 작고 단단하고 까칠한 알맹이들이 피부를 할퀴고 지나갔다. 나뭇가지에서 빛나던 어린 잎사귀와 버려진 조각과 무언가에서 뜯겨 나왔을 파편이 보도블록 귀퉁이를 붙잡고 물살을 한참 버텨내다가 속절없이 떠내려갔다.

집으로 돌아오자마자 샤워했다. 흙탕물로 뒤범벅이 된 옷과 신발을 차마 세탁기에 넣을 수 없었다. 몇 번이나 손빨래해도 모래와 흙이 계속 나오는 바람에 그냥 버려야 했다.

세찬 빗줄기가 멈추지 않았다. 한낮이 밤처럼 어두웠다. 폭풍우가 몰아치는 하늘에서 굉음이 들리면 깜

짝 놀란 고양이들이 옆으로 다가와 몸을 떨었다.

태풍 기간 내내 집 밖을 나가지 못했다. 마트에도 가질 못했다. 전기가 들어오지 않을 때도 있었다. 그나마 단수가 되지 않아서 다행이었다. 집에 있는 동안 여러 가지를 했다. 책을 읽고 영화와 드라마를 시청하고 모바일 게임을 했다. 평소와 다름없이 밥을 짓고 청소를 했다. 몇 개 되지 않는 물건들을 정리하고 분류했다. 베란다 식물에 물도 주었다. 가구를 최대한 줄였는데 이런저런 집기들로 방안이 깔끔해 보이지 않았다.

며칠이 지나고 갈라진 구름 사이로 햇빛이 비쳤다. 태풍이 지나간 섬마을 전체가 고인 빗물로 반짝거렸다. 섬 주민들은 부러진 나뭇가지를 치웠고 물이 범람한 도로를 청소했다. 망가진 가로등과 방파제와 선박이 보수되었고 읍내 입구에 다시 현수막이 걸렸다. 꽁꽁 동여맨 간판은 다시 그만큼의 금액을 들여 원래대로 복구되었다.

※

  폭우가 쏟아지는 날이었다. 주위가 어둑어둑하고 오감이 둔했다. 시야가 흐리고 후각의 기능이 떨어지면서 소리를 구분하기 어려웠다. 물투성이가 된 습한 세상이 조금씩 멀어지다가 현실 밖으로 추락했다.

현실이라는 꿈

눈을 감으면 한순간 세상이 바뀐다. 시각이 사라진 그곳에는 조금 전까지 생생하게 보았던 사물들이 더는 존재하지 않는다. 발을 딛는 도로의 단단함, 가로수 녹색 잎사귀, 빛나는 한낮의 햇살, 교복을 입고 지나가는 하굣길의 아이들, 교차로를 지나는 차량과 신호등이 자취를 감추고 자동차 지나는 소리와 학생들의 발소리, 도시를 훑어내는 바람 소리가 고요하다. 아스팔트의 열기와 여름의 눅눅한 냄새와 얼굴에 닿는 바람의 촉감도 느껴지지 않는다. 깊이와 넓이가 없는 어둠만 남는다. 캄캄한 한 곳에 시선을 고정하면 이내 잔상이 나타난다. 형태를 가진 색채가 아지랑이처럼 피어오른다. 짙은 푸른색, 푸른 보랏빛을 띠다가 붉은색, 노란색으로, 아주 드물게는 초록빛이 된다. 선명한 색채들은 심해의 바다생물과 비슷하다. 망울을 터트리는 해초들과 헤엄치는 작은 물고기 무리와 검은색 성게가 이리저리 흔들린다. 맑은 물밑에서 하얀 모래처럼 빛이 일었다.

　나는 명상할 때면 눈을 감고 눈앞에 아른거리는 색채와 형태를 응시했다. 볼 수 없는 상태에서 '본다'니, 논리적으로 맞지 않았다. 마치 죽은 상태에서 사는 것과 같았다. 그럼에도 그것들이 보였고 한참 응시하다 보면 어느덧 생각을 멈추고 인식하는 상태로 접어들 수 있었다.

❀

드물지만, 명상 중에는 이해하기 어려운 현상을 경험하기도 한다. 나중에 루아 선생님은 자연스럽고 흔하게 벌어지는 일이니 크게 신경 쓰지 않아도 된다고 말해주었다.

언젠가 명상하다가 몸과 마음이 극적으로 동요하는 일을 겪었다. 가부좌로 앉은 몸이 마구 흔들렸고 가슴이 뚫어질 것처럼 뛰었다. 진동이 한참 계속되다가 잦아들었고 배에서부터 따뜻한 열기가 올라오기 시작했다. 깊고 뜨뜻하게 내뿜는 숨 같은 열기였다.

그 숨은 위로 상승했다. 고통스럽거나 불쾌한 경험은 아니었다. 신체 내부에서 열기가 숨을 쉬며 움직이는 감각이 생소했다. 어리둥절한 채 무슨 일이 일어나는지 가만히 기다렸다. 가슴까지 올라온 숨은 왼쪽으로 경로를 바꿔 심장을 감쌌다. 누군가 두 손으로 심장을 문지르는 것 같았다. 따뜻하고 친절한 촉감이었다. 숨은 심장에서 더 위로 올라가지 못하고 점차 사그라들었다.

눈앞에 짙은 보랏빛 원이 보였다. 탁구공 크기의 보랏빛 원은 가까워지는 농구공처럼 점점 커지면서 시야를 채웠다. 원의 경계가 사라졌고 안쪽으로 들어가는 듯한 기분이 들었다. 그곳은 나에게 속하지 않은 별개의 공간이었다. 친숙한 느낌이 들지 않았다. 위, 아래, 앞, 뒤 아무것도 보이지 않는데 사방이 광활하다고 느꼈다.

그곳에서 나는 완전히 비워진 마음을 경험했다. 그때까지 뒤엉켜 마음을 채우던 감정들, 환희, 비탄, 고통, 희망, 절망, 용기, 낙담, 공포, 질투, 열정, 분노 같은 마음이 일시에 소멸했다. 끊임없이 떠오르던 생각과 머릿속의 목소리도 들리지 않았다. 떼어놓지 못했던 집요한 미치광이 룸메이트는 자취를 감췄고 드디어 홀로 방을 차지한 것 같은 해방감이 찾아왔다. 난생처음 느끼는 기이하고 낯선 자유였다. 따뜻한 물에 몸을 담근 듯 이상한 평화가 계속되었다. 운동선수가 신기록을 경신할 때, 음악가가 천상의 연주를 할 때

경험한다는 무의 세계가 이런 것 아닐까 싶었다.

문득 텅 빈 마음에 단 하나의 감정이 생겨났다. 섬에 홀로 떨어진 것 같은 외로움이었다. 나중에 어쩌면 고독이야말로 가장 오래된 태초의 감정인지 모른다고 생각했다. 외로움이 공허로 이어졌다. 나의 마음은 절대적인 없음을 누리다가 마땅히 있어야 할 무엇이 없다는 쓸쓸함을 느꼈다. 혼돈으로 가득 찬 마음의 방을 드디어 비워냈지만, 그저 빈방일 뿐이었다. 그것만으론 부족했다.

그곳은 채워져 있어야 했다. 나는 그곳에 존재해야 한다는 사실을 깨달았다. 줄곧 찾고 있었던 것, 막연하지만 절실했던 것, 내가 존재한다는 사실, 누군가의 무엇이 아니어도 괜찮다는 존재로서의 충만이었다.

며칠 지나지 않아 휴가를 마친 미치광이 룸메이트가 내 머릿속으로 돌아왔다. 마음의 방은 다시 엉망이 되었다. 나는 내가 겪었던 것에 대해 말하지 않았

고 묻지 않았다. 어차피 공감하거나 설명해 줄 수 있
는 사람도 없었다. 보랏빛 원 안의 세계는 분명하게
맑았다. 그에 비하면 현실은 바랜 흑백 영상과 다름없
었다.

존재로 살아가기

살아있는 시간들

밋츠가 죽었다. 동공이 풀리고 호흡이 멎은 지 한참 지났다. 밋츠가 숨을 거두기 며칠 전 치자꽃 나무에서 크림색 꽃 네 송이가 피었다. 꽃은 밋츠가 숨을 거둔 날 모두 시들었다. 그 네 송이를 모두 따서 밋츠에게 주었다. 밋츠는 염을 하는 순간까지 토사물 냄새와 옅은 치자꽃 향을 풍겼다. 조금씩 굳어가는 밋츠의 몸에는 불과 몇 시간 전까지 밋츠를 밋츠답게 만들었던 것들, 유순함과 사랑스러움, 창밖을 바라보던 눈빛,

새하얀 털의 송송한 느낌까지 더는 존재하지 않았다. 단 몇 초도 되지 않는 순간에 그것들이 사라지고 없었다. 따뜻한 피를 가진 생명체가 숨을 거두는 모습을 눈앞에서 목격한 것은 처음이었다.

내가 가깝게 지냈던 사람 중 일찍 죽음을 맞은 이는 없었다. 잘 알지 못하는 누군가의 죽음은 피상적인 화젯거리일 뿐이었다. 친척의 장례식이 이어졌지만, 언젠가부터 나는 집안 대소사에서 당연하게 배제되었다. 가족 중 누구도 외할머니와 친할머니, 이모의 장례 소식을 내게 전하지 않았다. 아버지의 경우도 예외는 아니라서 그날 새벽 카톡 한 줄을 받았다. 아버지의 죽음은 가족 누구에게도 얼마 되지 않은 유산을 둘러싼 길고 지루하고 관련된 사람들을 내내 포악하게 만들었던 고달픈 법 절차 이상의 의미가 되어주지 못했다.

어린 시절 친할아버지와 친할머니가 살아계실 때

시골집에서 여름을 보내면서 죽음이 무엇일까, 생각했던 적이 있다. 죽음은 나의 몸과 감정과 의식이 완전히 사라지는 존재의 소멸이었다. 그것을 깨닫자 문득 무섭고 슬퍼서 이불을 뒤집어쓰고 엉엉 울었다. 그 모습을 본 할머니가 다가와 왜 우느냐고 했다. 나는 할머니에게 사람이 죽으면 어떻게 되느냐고 물었다.

"사람이 죽으면 다시 태어나지. 사람으로도 태어나고, 동물로도 태어나고, 벌레로도 태어나지."

실망스러웠다. 싫어하는 벌레로 태어나고 싶진 않았다. 눈을 감고 코와 귀와 입을 막아보았다. 감각과 기억의 상실은 비교적 수월하게 떠올릴 수 있다. 기억이 사라진 순간도 있었다. 이른 새벽 눈을 떴을 때 짧은 시간 지금 누워있는 장소가 어디인지 내가 누구인지 인식하지 못하기도 했다. 하지만 의식이 완전히 소멸했다는 감각만큼은 상상하기 어려웠다. 내가 사라진다는 것은 무엇일까? 죽음이란 몸이라는 기계 장치의 전원이 꺼지는 것, 꿈 없는 잠 혹은 의식 없는 마취 상태에서 영원히 깨어나지 못하는 것이다.

❀

 밋츠의 검진 결과는 정상이었다. 혈액검사와 초음파, 심전도 검사 모두 특별한 이상이 없다고 했다. 신장과 간도 제 기능을 하고 있었다. 염증 소견도 없었다. 밋츠가 숨을 거두기 5일 전 검진 결과도 췌장의 상태를 제외하면 수치 자체는 나쁘지 않았다.

 처음에는 자꾸 복수가 찼다. 원인을 알 수 없었다. 동네 1차 동물병원에서 모든 가능성을 하나하나 제거하다가 결국 남은 가능성은 암밖에 없다며 2차 병원에서 CT를 찍어보라고 권했다. 믿기지 않았다. 인간과 달리 빠르게 나이 들고 있었지만, 밋쯔는 아직 열한 살이 되지 않았다. 암일 리 없었다. 병원에서 복수천자를 하고 돌아와 별 탈 없이 잘 놀던 밋츠는 그로부터 스무날 뒤 쓰러졌다.

2차 동물병원의 검진 결과도 명확하지 않긴 마찬가지였다. 처음에는 간암이라고 했다가 소화기 종양이라고 했다가 췌장암이라고 했다가 결국 원발성 암을 찾지 못하겠다고 했다. 그러나 악성종양이 장간막에 전이된 것만큼은 확실하다고 했다. 담당 수의사는 종양이 폭발적으로 전이되고 있으며 예후가 좋지 않다는 점에서 췌장암과 크게 다르지 않다고 말했다. 그는 항암제를 복용하자고 했다. 원발성 암을 모르기 때문에 항암 주사를 사용할 순 없었다. 오히려 항암 주사보다 부작용이 적다고 했다.

동물은 말을 하지 못했고 위중한 병에 걸린 반려동물을 가진 보호자는 매 순간 결정을 내려야 했다. 치료해야 할지 말아야 할지, 치료하기로 마음먹었다면 어떻게 치료해야 할지, 치료 중에 식이는 어떻게 해야 할지, 하루에 몇 끼를 언제 먹여야 할지, 전이를 막을 수 없다면 항암제를 끊어야 할지, 먹는 행위를 끝내 거부한다면 굶겨야 할지 강제급식을 해야 할지, 어느 순간 포기해야 하는지, 죽는 그 순간까지도 포기하지 않을 건지.

나는 끝까지 포기하지 못했다. 포기할 용기가 나지 않았다. 밋츠와의 시간이 끝났다는 사실을 나도 밋츠도 알고 있었다. 2차 병원을 다녀온 직후 밋츠와 눈이 마주쳤을 때 비록 동물이지만, 밋츠도 나와 같은 예감을 한다는 걸 알았다. 그러나 나는 예감을 신뢰할 수 없었다. 지금껏 내 느낌과 판단은 매번 예측을 빗나갔다. 내가 실패자라는 사실을 누구보다 나 자신이 가장 잘 알고 있었다.

항암을 시작하고 밋츠는 피가 섞인 구토를 했다. 그로부터 더는 밥을 먹지 못했다. 비위관을 한 밋쯔는 유동식 5ml를 소화하기 위해 네 시간을 괴로워했다. 비위관을 제거할 때 수의사는 아사가 너무 고통스러울 것이라며 안락사를 권했지만 거절했다. 밋츠는 이틀 뒤 숨을 거뒀다. 죽기 며칠 전 밤이 추웠는데도 밋츠는 불 꺼진 차가운 화장실 구석에 틀어박혀 몇 시간이나 나오질 않았다. 밋츠의 네 발이 차갑게 식어갔다. 밋츠의 발에 핫팩을 놓고 두 손으로 밋츠의 발을 문질렀다. 밤이 깊도록 엎드려 졸다가 깨다가 다시 밋츠의 발을 손으로 감쌌다. 밋츠는 그런 나를 물끄러미 바라보았다. 밋츠는 죽기 전날까지도 물을 먹으려고 노력했다. 그때마다 물을 먹지 못하고 그대로 주저앉아 내 쪽을 보았다. 밋츠가 물을 먹으려고 그토록 애썼던 건 아마도 나를 위해서였을 것이다.

항암을 하는 첫 주, 밤이 되면 밋츠의 눈빛이 조금 또렷했다. 매일 새벽 서너 시에 일어나 밋츠의 상태를 살폈다. 눈을 뜨고 사방이 고요할 때 밤새 무슨 일이 일어난 건 아닐까, 밋쯔가 집안 어딘가에서 조용하게 숨을 거두진 않았을까 가슴을 졸였다. 4월이었고 보일러 전원이 꺼져 있는 밤에 잠들지 못하고 깨어있는 밋츠를 발견했다. 밋츠는 고개를 들어 방 여기저기에 한참 바라보았다. 나와 고양이는 그 순간 살아있다는

144

사실을 기억하려고 노력했다.

존재하는 것은 사라지지 않는다

    심장이 짓눌린 듯한 느낌을 받기 시작한 건 이어지는 이혼 소송을 감당하며 망원동 원룸으로 이사할 즈음이었다. 병원에서는 큰 문제가 없다고 했다. 요가를 시작한 후 혈압은 이보다 더할 수 없이 안정적이었고 오래된 통증과 서너 시간밖에 잠들지 못했던 불면증세가 완화되었다. 그러나 심장의 압박감만큼은 사라지지 않았다. 특별한 이유 없이 가슴이 뛰면서 말단 부위가 떨렸다. 당시에는 마음에서 비롯된 증상이라

고는 생각하지 못했다. 점점 심해지면 공황 장애 같은
진단을 받을 수 있었다.

신체에 직접적인 영향을 준다는 점에서 마음은 분
명 내 몸 어딘가에 존재했다. 마음은 생각에 의한 몸
의 반응이라고 했다. 한계에 이르러 견딜 수 없는 마
음은 몸을 통해 병들었음을 알린다.

마음과 마주하기로 했을 때 나는 내 마음의 방을
차지하고 있는 감정이 분노일 거라고 예상했다. 현실
은 훨씬 무자비했다. 밋츠가 떠난 후에야 나를 채우고
있던 감정이 분노가 아니라 두려움이라는 사실을 알
았다. 두려움은 가장 낮은 단계의 감정이었다. 두려워
하기보다는 차라리 분노하는 편이 나았다. 두려움과
슬픔에 비하면 분노는 상위에 놓인 긍정적인 감정이
었다.

나는 줄곧 두려웠다. 누군가의 존재가 사라진 삶이
견딜 수 없을 정도로 무서웠다. 한순간도 침착하지 못
했고 약간의 용기도 낼 수 없었다. 시간은 잔인할 정

도로 빠르게 모든 걸 바꿔놓았다. 아무리 노력해도 존재했던 것들이 더는 존재하지 않는 세상을 순순히 받아들일 수 없었다. 이혼 소송을 했던 아파트에서, 좁은 망원동 원룸에서, 합정동 오피스텔에서 길은 늘 보이지 않았고 나는 한 번도 선택하지 못했다. 그저 한 걸음 디딜 곳 다시 또 디딜 곳을 찾았다. 그조차 없다면 어떤 길이든 보일 때까지 버텨야 했다.

움직이지 않으면 가라앉는다는 목까지 차오르는 불안과 두려움 속에서 돌이켜보면 끊임없이 무언가를 하려고 안간힘을 썼다. 이 세상에 나 혼자뿐이라는 나약하고 무능하기에 누군가의 사랑이 없다면 존재할 수 없다는 두려움이 나의 마음 가장 밑바닥에 존재하는 뿌리 믿음이었다.

사랑했던 모든 것과 열망했던 모든 것 그리고 나의 존재까지 아무 의미 없이 누구에게도 기억되지 못한 채 하찮게 소멸하리라는 두려움은 어느덧 내가 되었고 스스로 두려워하고 있다는 사실조차 망각했다. 두

려움은 나를 동요하게 했고 초조하게 부추겼고 잘못
된 선택과 후회의 길로 이끌었다.

※

  존재하는 것은 사라지지 않는다. 사라지는 것은 에
고다. 에고는 존재하지 않기 때문에 우리가 두려움에
휩싸여 길을 잃도록 만든다. 사라지지 않는 우리는 영
원한 지금에 머물며 기꺼운 행복을 누린다. 내가 느
끼는 괴로움은 모두 과거에 속한 것이고 지금을 사는
나에게 과거와 미래는 존재하지 않는다. 시간의 개념
은 인간에 의해 만들어진 허구에 불과하다.
  하지만 과거의 일이었다고 해도 고양이 밋츠는 나
와 함께 분명히 이 세상에 존재했다. 별개의 자아와
의식을 가진 실재했던 대상이었다. 그 대상이 나의 지
금에서 사라졌다고 해도 그들의 존재를 부정할 순 없
었다. 그렇기에 과거에 존재했던 그들을 더는 볼 수

없는 지금이란 고통스러워야 마땅했다.

밋츠와 함께하는 동안 나는 지금에 머물지 못했다. 존재하는 아트만은 찾을 수 없었고 존재하지 않는 에고는 너무 생생했다. 과거의 고통과 미래에 대한 두려움으로 주어진 시간을 낭비하며 의미 있는 아름다운 것들을 제대로 보지 못했다. 밋츠는 그런 나를 원망하지 않았다.

어느 물리학자의 말처럼 죽음은 이 세상에서 존재하는 가장 자연스러운 형태다. 우리의 형상을 이루는 원자는 죽음의 상태로 존재하다가 누구도 설명하지 못하는 이유로 모여 아주 짧은 시간 생명을 이룬 후 다시 죽음으로 되돌아간다. 물리작용에 의해 움직이는 우주는 좋음과 나쁨의 기준이 없고 서로에 대한 이해를 요구하지 않는다.

새벽으로 향하는 시간, 아무도 없는 언덕에서 하늘을 올려다보았다. 먹구름은 걷혔고 별이 빛났다. 보랏빛으로 푸르스름하게 밝아오는 하늘 너머에 더 넓은 우주가 있었다. 또 다른 은하와 행성이 있었다. 그 별들의 간격은 너무 멀었고 우주를 채우는 건 오직 공허뿐이다. 그곳에는 새벽하늘의 보랏빛도, 넓은 창을 통해 쏟아지는 환한 햇살도, 얼굴을 스치는 여름의 미풍도, 바람에 실려 온 풀과 바다의 냄새도, 밋츠의 새하얗고 송송한 솜털과 별처럼 빛나던 밋츠의 눈동자도 없다. 짜고 쓴 소금의 맛도, 기쁨도, 슬픔도, 인간의 개별 의식도 없다.

우주는 범우주적인 푸르샤가 프라크리티를 만나 생겨났다. 우리의 의식은 세상을 창조했다. 우리의 의식이 그것을 원했기 때문이다. 『바가바드 기타』는 존재하지 않는 것은 존재할 수 없고 존재하는 것은 없어질 수 없다고 말했다. 내가 존재한다면 내가 사랑했던 모든 것도 사라지지 않는다. 내가 사랑했던 모든 것이 존재하지 않는다면 나 역시 존재하지 않는 허상에 불과하다. 에고는 소멸하고 아트만은 다른 생을 준비할 것이다.

바다 안개

섬을 떠난 후 나는 요가원을 다시 열지 못했다. 새롭게 사업을 시작할 여유도, 평생 요가를 가르치면서 살겠다는 부단한 각오도 없었다. 또 다른 직업을 찾아야 했지만, 진지하게 일할 여력이 되지 않아 최저시급을 받는 비정규직 아르바이트로 생계를 이어갔다. 편의점에서 일하기도 했고 야쿠르트 배달원과 콜센터 상담원으로 근무하기도 했다. 어떤 일자리도 몇 달을 넘기지 못했다. 일정 기간이 지나면 두 번 다시 그 일을 하고 싶지 않았다. 나에게는 아직 일을 그만둘 수 있는 자유가 남아 있었고 그 자유를 최대한 활용했다. 대부분의 날이 그렇게 지나갔다. 감정적인 동요를 느낄 때도 있고 현실적인 압박감에 삶의 태도가 흔들릴 때도 있지만, 소외감과 불안에서 벗어나기 위해 억지로 사람을 만나거나 상황을 바꾸려고 애쓰지 않았다.

또 한 번의 여름이 시작되었다. 나는 매일 새벽 세시에 일어나 영업점으로 향했다. 해가 일찍 뜨는 여름에도 여전히 어두운 밤이었다. 내일이라기보다는 오늘, 오늘이라기보다는 어제에 가까운 시간이었다. 도시 중앙에 조성된 폭이 좁고 위아래로 긴 인공호수를 가로지르는 다리가 알록달록하게 빛났다. 다리 건너 영업점에 도착하려면 자전거로 십오 분 남짓 걸렸다. 유제품이 담긴 전동카트를 끌고 다시 호수를 건널 때면 새벽하늘이 희뿌옇게 밝아왔다. 영업점은 오피스텔이 속한 금융단지를 3지구로 구분했다. 어째서 3지구인지는 알 수 없었다. 3지구는 도시가 끝나는 외곽이었다. 오피스텔 서쪽, 길 하나를 건너면 아직 공사가 시작되지 않은 대규모 부지에 끝없는 갈대밭이 하늘과 맞닿아 있었다. 이따금 길고양이가 지나가는 수풀 사이에 이곳은 빌딩이 지어질 사유지로 함부로 농작물을 심지 말라는 표지판이 몇 년째 자리를 지키고 있었다.

해무가 짙게 깔린 새벽이었다. 희뿌연 안개 속에서 고층 건물들이 잔해처럼 떠올랐다. 기억이 앞이 보이지 않는 유령 도시를 정처 없이 떠돌았다. 카트를 끌고 방금 건너온 호수 다리를 다시 지나갔다. 날씨가 맑은 날이면 호수를 건너는 다리 가운데에 멈춰 서서 연한 푸른빛으로 밝아오는 하늘을 바라보곤 했다. 수변을 들판 삼아 자란 무성한 수풀이 호숫가를 차지했다. 멀리 불어오는 바닷바람에 단단하고 두껍게 심어진 수목들이 잔가지를 머리카락처럼 흩날렸다.

배달은 아파트에서 시작해서 단독주택 단지로 이어졌다. 오피스텔 단지가 코스 마지막이었다. 주택 단지 배달은 엘리베이터를 계속 오르내려야 하는 고층 아파트에 비하면 훨씬 수월했다. 낮은 담장을 따라 붉은 장미꽃이 만발한 주택 단지는 외국 타운하우스를 연상시켰다. 번잡한 출퇴근 시간에도 지나는 사람 없이 사방이 조용했다. 그곳에서 조금만 더 북쪽으로 올라가면 개장을 앞둔 골프장이 나왔다.

바다를 메워 세운 신도시에는 산과 언덕이 없었다. 새파란 하늘이 탁 트인 평지를 돔 형태로 덮고 있었다. 사이프러스 나무를 빼곡하게 심은 주택을 지날 때면 먼 휴양지가 떠올랐다. 막연한 기억이었다. 이런 기억은 뇌가 아니라 코끝과 목덜미, 발바닥처럼 몸 전체에 새겨지는 것 같다. 우리 몸은 기억을 보관하는 유기물 장치가 되어 존재하지 않는 기억과 아직 겪지 않은 기억을 저장하다가 수명이 다해 원래 형태로 돌아갈 것이다. 그때 나의 기억은 어떻게 될까? 기억이 소멸한다면 그것은 애초에 존재하지 않았던 기억일 것이다. 사라지지 않는다면 나의 기억은 다른 형태가 되어 계속 존재할 것이다.

바다 안개가 드리운 길 한가운데에 평평하게 보이는 물체가 눈에 들어왔다. 잘 살펴보니 바닥에 길게 누운 고양이였다. 검은 얼룩무늬 고양이는 전동카트 소리에 고개를 치켜들더니 벌떡 일어나 고양이다운 민첩함으로 옆에 앉은 노랑 줄무늬 고양이에게 다가갔다. 함께 놀던 두 마리 고양이는 이내 사라졌고 나는 고양이들이 있던 자리를 한참 바라보았다.

이제 밋츠와 앙쯔는 없다. 앙쯔는 죽기 일주일 전부터 아무것도 먹지 않았다. 그 사실을 숨을 거두기 며칠 전에야 알았다. 생명이 사라진 잿빛 고양이의 굳은 몸은 염을 하는 사람조차 놀랄 정도로 너무나 작고 가벼웠다. 앙쯔가 세상을 떠나고 겹겹이 쌓인 마음이 더 두꺼워졌다.

무더운 날씨가 끈질기게 계속되는 여름 동안 나는 육체노동을 하기 위해 밋츠와 앙쯔가 없는 집을 나섰다. 집으로 돌아오면 오피스텔 흡연 구역 벤치에 앉아 아무 생각 하지 않았다. 내가 뭘 하고 있는지도 신경 쓰지 않았다. 익숙지 않은 업무에 발목과 정강이와 무릎에서 멍이 사라지지 않았다. 얼굴과 손이 검게 그을렸다. 어린 시절 동네 재래시장에서 이렇게 까만 손등과 대조적으로 희멀건 손톱을 본 것도 같았다. 후덥지근한 공기가 뜨겁게 달아올라 턱 끝에서 땀이 후둑후둑 떨어졌다.

안개가 걷히면서 빗방울이 부슬거렸다. 나는 영업점으로 돌아와 카트를 세워둔 다음 나머지 배달을 하기 위해 자전거를 타고 다시 아파트 단지로 향했다. 단지 입구에 이사 차량이 세워져 있었는데 화물칸 리

프트에서 건물 출입문까지 발판이 설치되어 있었다. 먹구름이 잔뜩 낀 하늘만큼이나 어두운 회색 발판이 내 눈에는 잘 보이지 않았다. 발판 위로 인부가 지나가지 않았다면 그대로 자전거 페달을 밟아 건물과 차량 사이를 지나가려고 했을 것이다.

이삿짐 상자를 든 남자는 허공을 걷는 것 같았다. 그 모습에 발판이 있음을 깨닫곤 차량을 피했다. 발판 높이가 내 가슴께였는데 만약 부딪혔다면 아픈 정도로 끝나지 않았을 것이다. 비바람이 세게 불어와 해무가 깔렸던 새벽만큼이나 시야가 흐렸다. 빗방울이 사방으로 번져나갔다. 혹시 나는 좀 전에 보았던 발판에 부딪혔던 건 아닐까, 사실은 이사 차량을 우회하지 못하고 충돌 사고로 사경을 헤매는 중 환상을 보는 것은 아닐까, 농담 같은 상상을 했다.

그날 어떻게 배달을 끝내고 집으로 돌아왔는지 기억나지 않는다. 파도 소리와 함께 소나무 숲 냄새가 났다. 도시는 사라지고 태풍이 불어오는 바다가 눈앞에 나타났다. 머리 위에서 회색 하늘이 쏟아져 내렸다. 다시 하늘을 올려다보았을 때 내가 얼마 동안 그곳에 서 있었는지 짐작할 수 없었다. 안개와 빗물의 흔적은 사라졌고 하늘이 청명했다. 금융 단지 건물 사이로 보이는 갈대밭으로 노랗고 붉은 노을빛이 한순간 눈부시게 빛나다가 사라졌다. 장밋빛 낙조가 갈대밭 끝에 걸린 낮고 희미한 산등성이를 물들였다.

　나는 늘 지금의 삶에서 벗어나길 원했지만, 이렇게 예상치 못한 방향으로 바뀔 줄은 몰랐다. 달라진 삶은 이전 삶의 미덕을 매 순간 일깨워주었다. 그때까지의 삶을 뒤로 밀어내고 불청객처럼 끼어든 새로운 삶에 적응하고 싶지 않았다. 이미 삶의 다음 단계에 놓여 있었지만, 나는 끝까지 저항하는 중이었다.

기억으로서의 존재

네 번째이자 마지막 명상 수업은 에크하르트 톨레가 말했던 그대로, 형상이라는 꿈에서 깨어나는 것이었다. 물질로 이루어진 형상 너머에는 보이지 않지만, 실재하는 의식이 있다. 사람들은 자신의 삶을 자신의 정체성으로 받아들인다. 내가 살아왔던 모든 것, 경험하고 생각하고 느꼈던 것, 삶의 형상을 나와 동일시한다. 아트만은 형상이 없다. 우리는 형상을 뛰어넘은 생명 그 자체다. 생명인 우리는 형상을 취하고 형상에 반응하고 때로는 반발하면서 형상이 곧 나라는 착각에 빠진다.

❁

『요가수트라』의 첫 번째 장은 우리를 속박하는 물질의 속성을 초월한 아트만에 대해 이야기한다. 우리가 이해하지 못하는 깊고 무한한 시공간에서 우리의 의식이 물질의 형상을 갖추는 순간은 찰나에 불과하고 그래서 삶은 꿈처럼 짧고 덧없다고 한다.

아헹가는 그가 해석한 『요가수트라』 책 머리에 자신은 평생 요가를 수련했지만, 요가수트라의 난해한 경문들의 의미를 아직도 설명할 수 없으며 요가의 완전한 경지에 이르기 위해서는 몇 번의 생을 더 거쳐야 할 것이라고 말했다. 2014년, 아흔다섯의 나이로 세상을 떠난 그는 요가의 뿌리에 따라 윤회를 믿었던 것 같다. 윤회 사상에 따르면 우리의 현재 모습은 카르마에 의해 결정된다. 어떤 이들은 전생에 잘못을 저질렀기 때문에 추하고 가난하게 태어난다고 말한다. 삶이 고통스러운 이유가 전생의 죄악 때문이라는 것이다. 그러나 과연 우리에게 무엇이 정의이고 무엇이 죄악인지 구분하는 전지전능이 주어질까?

❀

나는 지금 나의 모습이 나 자신의 선택이었을 거라고 생각한다. 우리에게 상벌을 내리는 인격적인 신의 존재를 믿지 않지만, 신성이 있다고 여긴다. 비록 증명할 수 없어도 지극한 아름다움이 존재한다고 믿고 싶다. 우리가 환생한다면 스스로 어떤 모습으로 태어날지 행위를 통해 결정하게 될 것이다. 혹자는 고통받고 죽어가는 어린아이들을 가리키며 도대체 누가 저런 삶을 택하겠느냐고 반박하겠지만, 우리의 진짜 자아는 육체를 초월하고 기쁨과 슬픔을 구분하지 않는다.

나는 가능한 이 모습 그대로 다시 태어나고 싶었
다. 사랑했던 존재들이 나를 다시 기억할 수 있도록.
마음 깊은 곳에서 수면 위로 드러나길 기다리는 고통
은 과거의 기억과 미래의 희망을 먹이 삼아 나를 떠
나지 않을 것이다. 나는 그것을 기꺼이 맞이하기로 했
다. 나의 의식을 가진 아트만이 수억 개의 우주를 거
쳐 브라만으로 돌아가더라도 온전하게 사랑했던 존
재들을 기억하기 위해서 그들을 만나 다시 또 온전하
게 사랑하기 위해서 고통의 삶을 태어나고 또 태어나
기로 마음먹었다. 고통은 그런 갈망을 위해 치러야 할
몫이므로.

다시 또 여름

요가 매트를 펴고 단다사나로 앉아 두 다리를 쭉 뻗었다. 바닷물에 담근 것처럼 종아리 위로 햇볕이 들었다. 발끝에 머문 온기가 사라질 때까지 내내 움직이지 않았다. 가슴을 열고 숨을 채웠다. 카버가 다가와 내 어깨와 팔에 부드러운 꼬리털을 비벼댔다. 그 모습을 지켜보던 코코가 재빨리 달려와 쓰다듬어 달라고 머리를 들이밀었다. 코코에게 나와 카버와 오피스텔 공간이 전부인 이 세상은 흥미진진한 모험으로 가득하다. 코코는 옷장 끝에 삐죽 튀어나온 옷자락과 세탁기 밑으로 굴러 들어간 양털공과 콩나물을 다듬는 내 손가락을 감시하면서 하루를 소진한다.

창을 통해 햇볕이 쏟아져 들어왔다. 처음 이곳으로 이사했을 때 창 앞에 크기가 다른 화분 여러 개를 들여놓았다. 잎을 늘어뜨린 코베니 아카시아, 올리브나무와 치자나무, 떡갈고무나무, 멜라닌고무나무, 선반 위에서 잎이 늘어트린 아이비와 팔카투스, 보스턴 고사리, 유칼립투스와 사이프러스. 그중 절반이 사라졌지만, 대신 화분이 있던 자리에 내내 싸움박질하던 코코와 카버가 서로 몸을 붙이고 낮잠을 잔다.

남아있는 식물을 살폈다. 녹보수 그늘에 가려진 보스턴 고사리가 조금 풍성해진 것 같았고 토분에 옮겨 심은 호주 매화는 움츠린 듯 보였다. 한해살이로 들인 패랭이 풀에 손톱 절반보다 작은 꽃송이가 맺혔다. 오늘이 어제와 다르다는 사실을 알려주는 건 식물의 미세한 성장뿐이다.

166

＊

　섬에서 보냈던 뜨겁게 가라앉은 여름을 올해도 도
시에서 맞는다. 형광등이 꺼진 어두운 요가실의 조명
과 투명한 유리컵 안에서 달각거리는 얼음 소리, 희성
과 걸어갔던 밤늦은 시골길이 눈에 선하다. 나보다 약
간 큰 키에 몸매가 곧고 단단했던 희성은 사뿐한 걸
음으로 흙길을 걸었다. 밤하늘 아래 논과 밭의 윤곽이
희미하게 보였고 벌레 소리가 요란했다. 소방도로 가
로등 불빛이 희성의 얼굴과 어깨에 긴 그림자를 만들
었다.

　앙쯔와 밋츠, 카버를 데리고 섬으로 향했을 때 의도
나 예정 같은 것은 없었다. 순간순간 달라지는 마음을
따라 난파되어 떠밀려 가는 배의 잔해처럼 섬에 도착
했다. 당장 돈을 벌기 위해 요가원을 열었지만, 그 또
한 계획했던 일은 아니었다.

　나는 바다의 기억을 간직한 도시에서 여전히 섬처

럼 고립되어 살고 있다. 돌아보면 어디에서도, 누구와
도 '우리'가 되지 못했다. 하루하루 휩쓸려 가지 않기
위해 안간힘을 쓸 때마다 어딘가의 우리가 되어 한패
로 지냈다면 조금은 덜 고단했을까 궁금해진다. 애초
에 우리는 우주를 떠도는 행성 같아서 내가 아닌 누
군가를 완벽하게 이해한다는 건 기적에 가깝다. 그렇
기에 누구나 필연적으로 고독하고 자신만의 그림자를
짊어진다.

그 그림자에 귀를 기울인다.

모르는 척 무감하게 살고 있지만, 그건 무감한 것
이 아니라 무감할 수 없는 고통으로 인해 버거워하는
것이다. 마음을 채우는 고통과 마주했을 때 그 고통은
사라진다. 고통을 온전하게 들여다보는 것만으로 위
로받을 수 있었다.

아헹가는 요가를 하는 사람은 선을 행하는 것이 아
니라 악에 물들지 말아야 한다고 말했다. 악이란 대단
한 무엇이 아니라 선을 행하지 않는 것이다. 선이란

특별한 무엇이 아니라 야마와 니야마를 지키는 삶이다. 아헹가는 마치 사랑을 빠진 사람처럼 아무것도 바라지 말고 좌절하지 않으면서 기뻐하는 마음으로 요가를 수련해야 한다고 했다. 요가에서 강조하는 아브야사와 바이라기야는 목표나 의지 없이 사는 것이 아니라 지치지 않는 환희와 열정으로 사는 삶을 의미한다.

매일 요가 매트 위에 선다. 청소하고 요리하고 책을 읽고 식물과 고양이를 돌보며 돈을 벌기 위해 일한다. 세상이 내게 요구하는 것에 대해서는 더는 의무감을 느끼지 못한다. 역할에 어울리는 내가 되기 위해, 주변의 기대에 부합하기 위해 노력할수록 좌절과 패배와 모멸을 겪었다. 그 과정에서 내 안의 진짜 나, 세상에 대한 호기심을 잃지 않고 자유롭게 존재하는 내가 죽어가는 듯한 기분이 들었다.

결국 내 삶에서 일어난 모든 일을 이해할 수 없겠지만, 나는 생명을 가진 의식이 형상을 이루는 동안 그것이 몹시 짧고도 특별한 사건임을 느끼면서 사는 방법이란 고독과 죽음을 벗하며 결과에 의미를 두지 않고 행위를 반복하는 것이라고 여긴다.

도보 여행자

배낭을 메고 해안을 따라 걸었다. 이름이 기억나지 않지만, 바닷가와 이어지는 풍경이 완만했고 잘 정돈된 사구 길이 있었다. 소나무가 우거진 산길을 지나 암석이 많은 자갈 해변에 멈춰 섰다. 배낭을 내려놓고 접이식 등산 의자에 앉아 잠시 숨을 돌렸다. 노랗고 붉은 갯바위가 군데군데 솟아 있었다. 거인이 넓적한 끌로 투박하게 내리친 것처럼 긴 사각형으로 표면이 깎인 바위 절벽이었다. 소나무와 수풀이 바위 꼭대기를 뒤덮었다. 바닷물 아래로 붉은색, 연두색, 보라색, 하얀색 자갈이 투명하게 보였다.

여름 성수기가 끝난 평일이라서 그런지 지나치게 사람이 없었다. 해변을 거니는 한두 명을 제외하면 아무와도 마주치지 않았다. 바닷바람 소리와 새소리만 들리는 적막한 도보길이었다. 철 지난 해수욕장으로 접어들자 고운 모래벌판이 이어졌다. 등산화를 신은 발밑으로 바삭바삭 조개껍데기 밟는 소리가 들렸다. 사막 같은 모래벌판을 횡단하는 여행자는 오직 나뿐이었다.

적당한 지점에 이르러 걷기를 끝내고 가장 가까운 버스터미널로 향했다. 바닷가 작은 읍내는 왕복 사차선 국도를 따라 오백 미터 남짓한 거리가 전부였다. 미닫이문이 달린 터미널 건물이 팔구십 년대 서울 변두리 골목길에서 만날 법한 동네 슈퍼 같았다. 승객들이 노란 장판이 덮인 평상에 앉아 한가롭게 버스를 기다렸다. 터미널 맞은편으로 오래된 점포들이 모여 있었다. 철물점 간판이 글자를 알아볼 수 없을 정도로 바랬고 생선 좌판 위에서 파리를 쫓는 기계가 꾸역꾸역 돌아갔다. 오래 기다리지 않고 도시로 돌아가는 버스에 올랐다. 몇 년 후 그곳에서 홀로 요가원을 열게 될 거라는 생각은 꿈에도 하지 못했다.

❉

섬에서 지내는 동안 일부러 바닷가를 찾는 일은 드물었다. 이따금 아주 우연한 어느 날 소방도로를 따라서 끝까지 걸었다. 묻어날 것처럼 새파란 하늘이 화창했고 아무도 지나지 않는 도로가 직선으로 이어져 그 길을 계속 가야 할 것 같았다. 소방도로를 가르는 국도와 나무가 무성한 곁길을 지나 해변에 이르렀다.

나는 길 끝에서 눈부신 바다를 보았다. 내 얼굴에 저물어가는 태양의 찬란함이 가득했고 바닷새의 노래처럼 우아한 파도 소리를 들었다. 어느 우연한 날 삶

을 선뜻하고 단순하게 만들면서 때로는 부끄러움을
일깨우는 얼굴들을 떠올렸다.

엘라가 내게 말했다.

"강사님, 내 천주교 세례명이 뭔 줄 아세요?"

섬사람들은 그녀를 엘라라고 불렀다.

"라파엘라예요. 내가 태어났을 때 신부님이 그렇게
지어 주셨대요."

라파엘. 고단한 여행자의 옆을 지키는, 길 잃은 눈
먼 자들을 이끄는, 하나님의 치유를 상징하는 대천사
의 이름이었다.

귀를 기울여
나를 듣는다

초판 1쇄 2024년 5월 1일

지은이 전지영

펴낸곳 소다캣
출판등록 2021년 11월 18일 제2021-000048호
전화 070 7755 2578
이메일 sodacatbooks@gmail.com
인스타그램 sodacatbooks
블로그 www.sodacat.com

ⓒ전지영

ISBN 979-11-977799-6-1
값 16,800원